Petite Orchidée

Illustrations originales

d'Anne Steinlein

Pour nous écrire :

ÉDITIONS ZULMA
122, boulevard Haussmann
75008 Paris

www.zulma.fr

Avec les remerciements de l'auteur
à Bob, Karen et Katie Foster, ainsi qu'à l'équipe et aux hôtes
de Lost Valley Ranch, Deckers, Colorado.

Loi n° 49-956 du 16 juillet 1949 sur les publications destinées à la jeunesse.

L'édition originale est parue en 2000 sous le titre
Little Vixen chez Hodder Children's Books.
© Jenny Oldfield, 2000.

© Zulma, 2007, pour la traduction française, les illustrations
et le cahier éthologique.

ISBN : 978-2-84304-382-6
N° d'édition : 382
Dépôt légal : janvier 2007
Diffusion : Seuil – Distribution Volumen
zulma@zulma.fr

de Jenny OLDFIELD

Adaptation française
de Magali Guenette

Cahier éthologique
conçu par Natalie Pilley-Mirande

ZULMA ✻ JEUNESSE

Du même auteur

Le Ranch de la Pleine Lune

Black Mustang
Rodéo Rocky
Calamity Joe
Lord Winnipeg
Lady Blue
Sacré Lucky
Indiana Boy
Princesse Luna
Little Ebony
Petite Orchidée
Bello Nino
Perle d'Or
Prince Galaad
Étoile d'Arabie

Mélany et les Mustangs sauvages

El Dorado
Santa Ana
Chiquitita *(à paraître)*

Mon Poney Magique

Poudre d'Étoile
Brume Argentée
Œil de Velours

le Ranch de la pleine Lune

Dans le Colorado, au pied des montagnes Rocheuses, le Ranch de la Pleine Lune est un haut lieu du tourisme équestre. On y pratique une équitation éthologique héritée des chuchoteurs américains. La famille Scott accueille des vacanciers, pour des séjours de randonnée à cheval dans une nature encore sauvage.
Entre Mélany et les chevaux, c'est une histoire de confiance et de respect. Son amour immodéré pour les chevaux l'amène d'ailleurs à prendre des risques… L'un d'eux est-il en danger ? Elle n'hésite pas à se lancer dans l'aventure, accompagnée de sa meilleure amie Lisa, toujours de la partie !

et en fin de volume
un cahier éthologique

Mélany et Lucky

1

– Vas-y, laisse le lasso traîner au sol pour que Tornado pose le pied pile dans la boucle.

Lauren avait donné ses ordres à Mélany d'une voix calme et posée, et sa fille avait installé la corde dans le sable. Il ne restait plus qu'à attirer le poulain palomino vers cette partie de la carrière.

En selle sur Calamity Joe, l'un des chevaux les plus tranquilles du ranch, Lauren tenait l'autre bout du lasso et attendait patiemment.

– Il a tout son temps... et nous aussi. Il fait beau ce soir, on n'a rien d'autre à faire que d'attendre qu'il se décide.

– Allez, Tornado ! encouragea Mélany en attirant légèrement le poulain encore effarouché par son licol en corde. Tu sais, il va falloir que tu acceptes d'avoir une selle sur le dos si tu veux devenir un bon cheval de ranch. Pas de ruade, pas de mufleries avec les randonneurs, etc. etc. On est d'accord ? Là, doucement !

Apeuré, Tornado avait tiré sur son licol pour s'éloigner de la boucle qui s'arrondissait au sol tel un serpent endormi.

Lui faire mettre un pied dans le nœud coulant ne serait que la première étape du débourrage. Une fois le nœud légèrement resserré autour du membre, commencerait une séance de sauts de mouton jusqu'à ce que le poulain réalise que Calamity Joe lui offrait toute la sécurité nécessaire face à une telle situation. Tout était nouveau pour Tornado, et terriblement stressant.

Une fois rassuré, il n'aurait plus qu'à aligner ses pas sur ceux du vieux maître d'école alezan. Ensuite, il ferait connaissance avec le tapis de selle : Mélany le lui montrerait, lui frotterait l'encolure, le dos, les flancs avec et, peu à peu, tout le corps. Elle ferait claquer et voler le tapis jusqu'à ce qu'il s'y habitue.

Il en fallait de la patience pour ce travail mais, peu importait, Lauren et Mélany étaient toutes deux dans leur élément.

– Oui, c'est bien ça, mon grand !

Lauren observait le poulain. Il se défila tout d'abord devant le nœud coulant, puis finit par y mettre un pied pendant que Mélany détournait son attention avec une poignée d'aliments. Elle tira tout doucement sur la corde jusqu'à ce qu'elle se tende autour du postérieur. Dès qu'il sentit la légère pression, Tornado lança un coup de pied.

Mélany se recula promptement. C'était le moment qu'elle détestait le plus. Le poulain résistait et passait en mode « fuite » jusqu'à ce qu'il réalise qu'il était attaché à Lauren et à Calamity Joe sans espoir de pouvoir s'échapper. Heureusement, sa mère menait le jeu, un jeu de la séduction aussi doux que possible jusqu'à ce que Tornado vienne s'accoler au vieux cheval en mâchouillant tranquillement pour prouver qu'il était prêt à se montrer coopératif.

Mélany avait passé une jambe par-dessus la barrière pour s'y asseoir à califourchon. Le soleil commençait à baisser sur l'horizon. Elle salua Ben Marsh, leur nouveau cow-boy en chef, qui rapportait vers la grange les mors et filets à réparer.

Au-delà du toit rouge de la grange, les pentes boisées de pins pondérosa s'élevaient doucement vers la ligne rocheuse du Pic de l'Aigle. Avec ses quelque 4 000 mètres d'altitude, son sommet étincelait encore de la neige tombée l'hiver dernier. Des pistes cavalières montaient jusque là-haut depuis le Ranch de la Pleine Lune. Elles serpentaient le long du Ruisseau d'Argent, au travers des canyons, longeaient de magnifiques cascades pour rejoindre des lacs de haute montagne à l'eau cristalline. C'est là que Mélany aimait être : à cheval dans les montagnes, au pas dans les forêts de trembles ou au grand galop sur la Crête des Mineurs dominant le ranch et la vallée. Elle n'avait qu'à laisser Lucky s'élancer pour sentir le vent dans ses cheveux – le vent de la liberté. La voix de sa mère la tira de sa rêverie.

– Houhou, ma chérie ! Je disais juste : où est le tapis de selle ? Tornado est fin prêt.

Et, c'était vrai : le jeune Palomino marchait tranquillement au côté de Calamity Joe sans plus se soucier de la corde autour de son pied. Mélany attrapa sur la barrière le gros carré de laine rayée qui servait de tapis de selle et traversa la carrière. Elle agita cette couverture sous les yeux de Tornado, lui accorda le temps de la renifler et, même, de la mordiller pour voir si elle avait bon goût. Mais il la laissa vite retomber.

– Non, désolée, dit-elle en rigolant. Ça ne se mange pas. Je vais te le glisser sur le dos. Tu vois, on met le tapis d'abord sur tes épaules, puis on le descend sur ton dos... Voilà !

Le poulain frissonna, fit quelques pas de travers, puis se colla à Calamity Joe, que Lauren maintenait immobile. Le maître d'école respirait normalement, hochant la tête comme pour dire « Tout doux, mon petit... Tout doux ! »

– Tu vois, ça ne te fait aucun mal, rassura Mélany.

Elle flattait l'encolure et le dos dorés du palomino avec le tapis pour essayer de sentir s'il était prêt à passer à l'étape suivante : l'autoriser à poser la selle sur le tapis. Lauren prit cependant une autre décision, estimant que le jeune cheval en avait vu assez pour aujourd'hui.

– Il a vraiment fait de gros progrès. On va le laisser tranquille, annonça-t-elle. Pas la peine de précipiter les choses.

– C'est vrai, il a bien travaillé.

Mélany retira la couverture de laine du dos du palomino et se pencha pour libérer son pied du lasso. Le poulain réagit comme un enfant content de sortir de l'école. Il envoya un postérieur, puis les deux dans les airs pour confirmer sa liberté, agita sa pâle crinière et partit au trot à l'opposé de la carrière. Lauren ne put s'empêcher de sourire en descendant de cheval. D'un doigt, elle rejeta son Stetson blanc sur sa nuque, laissant échapper quelques mèches blondes.

– On a tout le temps qu'on voudra, poursuivit-elle paisible.

– Alors, on pourra le retravailler demain ? demanda Mélany, impatiente, avant d'éclater de rire. Oui, je sais, je précipite un peu les choses…

– Exactement, mademoiselle Scott. De plus, notre championne de *reining* arrive demain. Toute fraîche après sa réussite aux qualifications nationales. Tu l'avais déjà oubliée ?

– C'est vrai ! Génial !

Lauren emmena Calamity Joe à l'abreuvoir. Elle regardait en même temps sa fille attacher une longe au licol de Tornado. Elle voyait bien que Mélany brûlait d'envie de voir Petite Orchidée en chair et en os. Elle avait vu une photo de la jument dans un magazine spécialisé. En mars, lorsque Ben Marsh avait indiqué aux Scott qu'il connaissait son cavalier, Brad Martin, du temps où il travaillait dans le Wyoming, l'idée leur était venue aussitôt. Il fallait inviter Brad Martin et Petite Orchidée au Ranch de la Pleine Lune. Lauren, mais aussi son fils Matt, s'étaient montrés plein d'enthousiasme.

– Il pourrait mener des randonnées, avait suggéré Lauren. Un cow-boy d'exception au ranch, ça pourrait nous amener de nouveaux vacanciers au printemps.

– Bonne idée, l'argent, on n'en a jamais de trop !

– Il faudra tout de même le payer j'imagine, avait précisé Ben. Mais je peux voir ça avec lui. Voir combien il prendrait.

– Il pourrait aussi donner des reprises individuelles,

organiser un stage de *reining*. Du dressage à la mode western, ça devrait plaire !

– Excellente idée, avait reconnu l'ensemble de la troupe.

La mi-mai était déjà là. Il était grand temps que Petite Orchidée et Brad Martin arrivent. Demain, samedi, le ranch accueillerait une vingtaine de vacanciers, le célèbre cavalier et sa superbe championne.

Mélany accepta donc de remettre à plus tard le débourrage de Tornado. Sa mère la conforta en ce sens pendant qu'elles relâchaient les deux chevaux dans le Pré du Renard.

– Ce n'est pas un problème. Il faut lui laisser le temps, mais il est déjà magnifique.

– Ça, c'est vrai.

Mélany admirait la robe dorée du poulain qui étincelait comme un sou neuf dans les derniers rayons de soleil. La robe palomino étant aussi celle de son propre cheval, Lucky, il n'y avait rien d'étonnant qu'elle ait un petit faible pour Tornado. Appuyée contre la barrière, sa mère regardait le soleil se coucher.

– On est tellement bien chez nous, c'est un endroit presque parfait, soupira Lauren. Entre la grande ville et les montagnes, y'a pas photo : je préfère ici, nos montagnes !

Dans le crépuscule, les chevaux broutaient l'herbe grasse du printemps, un renard roux rôdait autour des oiseaux près du torrent. Un dégradé de pourpre voilait peu à peu le bleu du ciel tandis que les derniers reflets dorés du soleil disparaissaient.

Fille d'éleveur de bétail, Lauren Scott avait grandi sur les terres de cette vallée retirée. Elle s'était mariée et avait déménagé à Denver où elle avait mis au monde un garçon et une fille : Matt et Mélany. Mais son mariage n'avait résisté que jusqu'aux dix ans de sa fille et elle était revenue chez ses parents avec ses enfants. À la mort de son père, puis de sa mère, elle avait repris le Ranch de la Pleine Lune, mais avait abandonné l'élevage des bovins. Elle préférait orienter l'hospitalité du Far West vers l'accueil de vacanciers. Son pari commençait à peine à payer.

D'un large geste, elle désigna les prés devant elle.

– Je n'imaginerais pas pouvoir vivre sans nos bêtes... sans tout ça ! Et toi ?

– Moi non plus. On a de la chance d'avoir tout ça pour nous !

– Oui, une sacrée chance.

Mélany ressentait le bonheur communicatif de sa mère. Elle regardait le troupeau, s'arrêtant plus particulièrement sur son Lucky, qui se tenait entre Squeaky, un bai nouvellement arrivé, et Lord Winnipeg un étalon anglo-arabe noir.

– Et tu ne regrettes rien... rien du tout ? demanda Lauren d'une voix douce soudain teintée de tristesse.

– Tu veux dire pour toi et papa... ? C'est sûr, je préférerais qu'il donne plus souvent des nouvelles, répondit Mélany après une longue pause. Mais ça ne serait sûrement pas mieux si on vivait encore tous ensemble. Je n'y pense même plus. C'est du passé tout ça.

Sa mère hochait la tête tout en fixant l'horizon. C'était tellement difficile pour Mélany d'avouer cela, mais les années avaient passé, sans son père, et elle commençait à comprendre qu'elle avait le droit de penser ainsi. Lauren laissa échapper un soupir.

– On se débrouille pas mal en fait, non ?

– On se débrouille mieux que pas mal... on se débrouille bien, super bien, méga-méga-méga bien. Et, tu peux me croire !

Mélany glissa son bras autour de la taille de sa mère et elles se dirigèrent toutes deux vers la maison d'habitation du ranch.

– Youhou !

Ben et Charlie galopaient à bride abattue devant le pick-up et le van qui venaient de passer sous le portique d'entrée du ranch. Les sabots de leurs montures soulevaient une poussière d'enfer et leurs cris de cowboy attiraient l'attention des nouveaux visiteurs rassemblés dans la cour, devant la maison des Scott. Mélany rentra avertir sa mère et son frère.

– Maman, je crois que Brad Martin et Petite Orchidée arrivent !

Elle ressortit aussitôt, bondissant de la galerie devant la maison juste à temps pour voir Charlie sauter de Salsa et attacher la jument à l'une des barres du corral.

– Je vous jure, faut que vous voyiez cette petite merveille, annonça-t-il à la cantonade. J'ai jeté un œil à l'intérieur du van et je peux vous dire qu'elle a de la classe.

– C'est une Paint, c'est ça ? questionna Mélany d'après le souvenir qu'elle en avait dans le magazine. Tête blanche, dos et arrière-main noirs, environ un mètre cinquante au garrot ?

– Exact, c'est bien elle ! Les Paint sont des Quarter Horses pie. Pas très grands, mais supercostauds !

Charlie se précipita vers le portail de la cour afin de le maintenir grand ouvert pour l'arrivée de Brad et, tout excité, manqua de renverser Mélany. Elle tituba, puis retrouva son équilibre de justesse. Ben descendit sans se presser d'Indiana Boy. Son fin visage, habituellement si sérieux, était rouge d'excitation et arborait un large sourire. Mélany joua des coudes parmi les nouveaux randonneurs pour arriver jusqu'au cow-boy en chef.

– Tu l'as vue ? lui demanda-t-elle.

– Oui, évidemment ! Elle est très belle !

Comme pour renforcer ses mots, il prit une bonne inspiration et envoya un grand coup de poing dans la paume de sa main gauche.

Rampant tel un mille-pattes, le pick-up blanc franchissait le portail en traînant derrière lui un van flambant neuf, ses baguettes argentées brillant au soleil. Sa silhouette aérodynamique ralentit gracieusement pour finir par s'arrêter.

La portière du conducteur s'ouvrit et Brad Martin descendit enfin. Le spécialiste de *reining* se dirigea directement vers Lauren et Matt tandis que Mélany faisait le tour de l'attelage pour aider Charlie et Ben à ouvrir le pont arrière et à débarquer Petite Orchidée.

– On va y aller doucement, conseilla Ben. Même si la jument est habituée aux longs voyages pour les concours, elle ne sait pas à quoi s'attendre. À mon avis, elle va être pas mal remontée, donc on abaisse le pont le plus lentement possible !

Plus facile à dire qu'à faire. Tandis que le pont descendait, Mélany tentait de discerner la jument à l'intérieur du van climatisé. Elle avait hâte de grimper pour voir cette fameuse jument. Ben lui donna finalement le feu vert :

– OK, tu peux rentrer et défaire la longe.

Mélany monta sur le pont pour ouvrir le bat-flanc qui formait comme une seconde porte. Elle entendait le son creux des sabots qui piétinaient d'impatience alors que la jument se balançait d'un côté à l'autre dans cet espace clos, d'où s'échappait une odeur mêlée de paille fraîche, de foin et de cheval.

Le premier regard qu'elle posa sur la jument Paint fut aussi exaltant qu'elle l'avait rêvé : Petite Orchidée se tenait la tête haute, les oreilles attentivement pointées, soufflant par les naseaux. C'était une jument plutôt trapue mais avec une fine tête bien dessinée, une longue crinière soyeuse, de grands yeux séparés par un large front, un corps tendu de muscles qui lui donnait l'air à la fois très délicat et fort.

Admirative, Mélany resta à la regarder pendant un moment, immobile. Elle détacha ensuite la longe et incita Petite Orchidée à descendre le pont, toute fière que Ben lui ait confié, à elle et à nul autre, la tâche de présenter la championne aux spectateurs. Lorsqu'elles apparurent toutes deux, une rumeur d'approbation s'éleva de l'assistance.

– Cette jument est dans une forme resplendissante, l'interpella quelqu'un.

– Normal, elle est engagée pour les prochains championnats des États-Unis !

– Houlà, elle vaut au moins 10 000 dollars alors…

Les murmures s'accentuèrent, mais personne ne trouvait rien à redire sur cette belle pie noir.

Petite Orchidée posa délicatement un pied après l'autre sur le pont pour descendre. Elle en profitait pour balancer sa tête à droite et à gauche, observant les humains de haut comme si leur admiration lui était due. *Je le sais que je suis une belle jument !* semblait-elle dire. *Mais je travaille dur tous les jours pour ça. Je suis taillée pour gagner.*

Brad Martin s'assura que la jument avait bien voyagé. Il tâta ses genoux, souleva les quatre pieds et fit le tour de sa petite merveille pour un check-up complet.

– OK, Mélany, tu la mets dans la grange et tu repailles bien son box, ordonna Ben une fois cette visite de contrôle terminée.

Quelques hôtes suivirent Mélany et Petite Orchidée jusque dans la grange qui servait d'écurie.

– Pourquoi vous ne la mettez pas dans les prés, demanda l'un d'eux.

– Vous feriez vraiment pousser une aussi belle orchidée au milieu des pissenlits ? rétorqua Ben.

Qu'est-ce qu'il y a de mal à être une fleur des champs ?! Ben n'avait pas besoin de railler les chevaux du ranch ainsi. Princesse Luna, Cadillac et Lord Winnipeg auraient pu se mesurer tous les jours aux champions de *reining*. Mélany ne releva pas ces propos ; cela aurait été bien inutile alors que tout le monde était enthousiasmé et si fier de la belle jument.

– Ouvre la porte de l'écurie, Charlie ! s'époumona Ben.

Le jeune cow-boy fila vers la grange pour accomplir la tâche demandée. Les larges portes de bois s'ouvrirent sur l'intérieur frais et sombre de la haute grange, et Mélany guida Petite Orchidée, laissant le bourdonnement des spectateurs dehors. Elles prirent l'allée centrale bordée, d'un côté, de ballots de foin qui montaient jusqu'au faîte du toit et, de l'autre, par une rangée de box bien propres et aérés.

– Voici votre hôtel quatre étoiles pour la semaine, madame, plaisanta-t-elle.

Dans l'un des box, une jument pleine se reposait ; dans un autre, Fleur de Givre, jeune maman Appaloosa, prenait soin de son poulain né quatre jours auparavant. Trois têtes s'avancèrent pour voir la nouvelle venue.

– Je sais... reconnut Mélany à l'adresse de Fleur de Givre. Petite Orchidée a une taille de guêpe à te rendre malade.

Mélany rigolait toute seule pendant qu'elle conduisait la championne dans son nouveau logement. Le filet à foin débordait, l'abreuvoir automatique proposait un peu d'eau et la litière sentait bon la paille fraîche.

– Tu nous excuseras, on n'a pas encore l'eau chaude ni la baignoire. Mais, on devrait pouvoir t'installer ça si tu y tiens.

Petite Orchidée s'avança vers le filet pour goûter son foin, puis farfouilla dans la mangeoire de bois à la recherche de grains. Compréhensive, Mélany courut vers la réserve et ramena une grosse mesure de granulés vitaminés.

– Patience, ça vient ! Tout va comme vous voulez maintenant, madame ?

Mélany entendait avec satisfaction les dents qui broyaient et mâchaient la nourriture. Inutile pour Petite Orchidée de relever la tête afin de répondre.

– Bon, ça doit vouloir dire Oui ! Bonne journée.

Mélany se retira et s'en alla finir ses diverses tâches en chantonnant avant de rejoindre les autres. À la sortie de l'écurie, elle aperçut Lauren qui traversait la cour en compagnie de Brad Martin pour venir à sa rencontre.

— ... Vous avez déjà fait la connaissance de mon fils Matt, et voici ma fille, Mélany !

– Vous rigolez ! Ce n'est pas votre fille, c'est votre petite sœur !

Ah, Ah, Ah ! Combien de fois Mélany avait-elle entendu dire ça ? Sa mère avait l'air jeune, certes, mais la plaisanterie était périmée depuis longtemps. Elle tendit simplement la main pour serrer celle que présentait Brad.

–Aussi belle que ta mère ! complimenta le grand cavalier. Mêmes yeux gris, mêmes cheveux blonds. Je parie que tu fais craquer tous les garçons !

Elle eut un sourire discret et laissa tomber sa main enfin libre. *Non, en fait, c'est eux qui me font craquer... d'ennui.*

Comme il se retournait enfin vers sa mère, Mélany en profita pour détailler le bonhomme. Il était habillé, comme elle s'y attendait, dans un style western des plus clinquants. Sur sa belle chemise noire, étaient brodés en blanc un cheval et son cavalier, et un galon également blanc rehaussait l'ensemble. Un haut Stetson blanc coiffait son chef et son jean bleu était parfaitement repassé. La boucle de sa ceinture, en argent, était personnalisée par ses initiales en or. Les bottes, visiblement sur mesure, mêlaient du rouge, du noir et du blanc.

Mélany enregistra tout cela en quelques secondes, de même que la grande silhouette carrée et les cheveux noir de jais du cavalier, s'échappant en un petit toupet bouclé du chapeau. À l'arrière-plan, elle nota également la mine désapprobatrice de son frère Matt.

–Vous avez un ranch superbe, déclara Brad à Lauren alors qu'ils retournaient vers l'habitation. Un site magnifique et très bien tenu.

La mère de Mélany était soulagée que cette première rencontre se déroule aussi bien : aucun problème pour descendre Petite Orchidée du van, un hôte célèbre facile à contenter. D'un geste de bienvenue, elle l'invita à monter les quelques marches qui menaient à la galerie devant la maison.

Matt n'avait pas encore quitté sa mine renfrognée.

– Alors ? lâcha-t-il en surprenant le regard de sa sœur.

– Alors quoi ? éclata-t-elle de rire.

– Alors rien ! conclut-il en tournant les talons.

Cela signifiait clairement qu'il n'appréciait pas la façon dont le nouveau venu agissait avec sa mère. Mélany n'avait pas besoin d'être un génie pour s'en apercevoir.

Mais, qu'importe… tant que ce « cow-boy Marlboro » lui donnait l'autorisation de s'occuper de Petite Orchidée, il pouvait flirter tant qu'il le voulait.

2

– Pour bien avoir un cheval en main, ce n'est pas la force qui compte, insistait Brad à l'intention d'un groupe de stagiaires, mais l'équilibre. L'équitation, c'est ça et rien d'autre : un bon contact et de l'équilibre.

Dans la prairie qui bordait le Ruisseau d'Argent où se tenait le stage, Mélany l'approuvait intérieurement. Le spécialiste du *reining* en était à leur inculquer les bases.

– Excepté qu'il faut aussi connaître son cheval. Savoir ce qu'il trouve facile, ou difficile. Une fois qu'on sait cela, alors on peut lui simplifier la vie pour qu'il fasse ce qu'on lui demande et l'embêter dès qu'il veut agir à l'encontre de notre volonté. Par exemple : je veux que Petite Orchidée avance, d'accord ? Et je sais qu'elle n'aime pas que cette espèce de bout de métal qui est dans sa bouche lui fasse mal. Alors, je détends les rênes. Ça lui simplifie la vie quand elle veut avancer. Elle n'aime pas non plus sentir mes éperons dans ses flancs. Dès qu'elle les sent, elle sait qu'elle doit tracer pour les éviter. Donc, dès qu'elle avance, j'arrête de mettre la pression avec mes talons. Ainsi, elle a deux repères, sa bouche et ses flancs, pour comprendre qu'il est plus facile pour elle de marcher quand je le lui demande que de s'arrêter. Donc, elle marche.

Petite Orchidée avançait d'un pas fluide, décrivant un grand cercle autour des participants.

– Ça veut dire que vous pensez qu'il faut punir votre jument lorsqu'elle ne fait pas ce que vous voulez ? demanda une cavalière.

– Non, madame ! Je l'ai déjà expliqué : rien à voir avec la force et le fait de punir le cheval, répondit Brad en continuant de marcher. Regardez Petite Orchidée ! C'est une vraie boule de muscles. Si j'engage la bagarre contre elle pour savoir qui de nous deux est le plus fort, vous pouvez être certaine qu'elle va me virer de son dos et me faire mordre la poussière dès qu'elle en aura envie. Alors, inutile de la punir et de se fâcher ! Je lui demande simplement de faire ce qui est le plus simple pour elle. Les chevaux ne sont pas si malins que ça. Mais Petite Orchidée est suffisamment intelligente pour décider toute seule de se faciliter la vie. Elle choisit la solution la plus facile et ça me permet de lui faire exécuter des mouvements très compliqués en carrière, comme les changements de pied au temps, des pirouettes ou des *spins*.

Tout en donnant ces conseils et sans que rien ne soit visible à l'œil des non-initiés qu'ils étaient, Brad Martin enroula sa jument dans un *spin* parfaitement réussi.

Tout sourire, Mélany regarda sa mère et sa meilleure copine, Lisa Goodman. Ça c'était de l'équitation ! Lisa se pencha vers son amie.

– Il a l'air vraiment super ! murmura-t-elle à moitié hors de la selle.

– Tu veux dire : ELLE est super !

Malgré l'accoutrement du jour, bottes rouge et noir, jean nickel, chemise rouge et blanche, et sa position impeccable, bien droit mais détendu, les étriers extra-longs pour permettre à ses jambes de descendre, Brad n'intéressait pas Mélany. Elle n'avait d'yeux que pour la jument.

Petite Orchidée venait d'exécuter son *spin* en finesse. Sa queue et sa crinière avaient fouetté l'air en souplesse ; sa tête et son encolure s'étaient mises naturellement en place ; ses yeux et ses oreilles étaient sur le qui-vive. Son attitude vis-à-vis des autres chevaux du ranch était claire : *Vous avez vu ça ? Vous avez vu comment j'arrive à combiner puissance musculaire et élégance ? Allez, montrez-moi un peu ce que vous savez faire !*

Mélany observait avec gaîté la scène. Elle se pencha pour chuchoter à l'oreille de Lucky :

– Facile, on peut le faire aussi !

Mais Lisa l'entendit :

– J'allais justement t'en parler. À mon avis, c'est pas aussi simple que ça en a l'air.

– Et alors ? On relève le défi !

– Mélany, tu sais que depuis les Jeux olympiques d'Atlanta, le *reining* est devenu une véritable discipline sportive, souligna Lisa. La fédération équestre américaine l'a inscrit dans ses épreuves officielles. Comme le dressage en bride et en chapeau haut-de-forme !

– Je le sais, mais ça ne veut pas dire que Lucky et moi on ne puisse pas apprendre à exécuter un *spin* ou deux et quelques *sliding stops*.

– Je n'ai jamais dit ça, protesta Lisa sentant que son amie avait bien accroché à la démonstration. Mais, c'est plus difficile que tu ne le penses !

– Ce qui signifie que Mélany et Lucky vont se mettre au boulot sur le champ, intervint Lauren. Tu peux oublier le débourrage de Tornado, ma fille. C'est du passé. Mesdames et messieurs, vous avez devant vous la future championne, potentielle, de *reining* du Ranch de la Pleine Lune !

– L'équilibre avant tout, se répétait Mélany.

Lisa avait lancé le défi, puis s'était retirée pour rendre visite à son grand-père, Larry Goodman, au Camping de l'Orme. Les hôtes étaient partis randonner sur les pistes avec Ben, Charlie et Hadley, l'ancien cowboy en chef du ranch. Ce dimanche matin était le jour rêvé pour commencer à travailler quelques figures de *reining* en carrière.

– Garder son équilibre... équilibre... équilibre... Hoooo Ah !

La tête lui tournait déjà lorsqu'elle sortit de sa première séquence de *spins* plus ou moins ratés. Lucky avait compris l'idée, mais quant à elle... elle ne contrôlait rien du tout. Elle se baladait d'un bout à l'autre de sa grande selle creuse et oscillait dans tous les sens comme une débutante.

– Pas si facile que ça, hein ?

Brad la regardait faire depuis le corral où il se tenait avec Lauren. Les volutes montant de sa cigarette les enveloppaient. Il jeta le mégot à terre, l'écrasa du talon et sauta par-dessus la barrière pour donner quelques conseils à Mélany. Juste l'essentiel, pour éviter qu'elle n'ait le tournis à chaque *spin* – il lui demanda ensuite de réessayer.

Concentration maximale, rêne droite tendue contre l'encolure de Lucky, jambe droite bien au contact pour le pousser dans un *spin* vers la gauche. Cette fois-ci elle fixa du regard un point à terre et se mit à tourner comme un danseur étoile exécutant une pirouette, sans jamais perdre son équilibre.

– Mieux, lui lança Brad. Lauren, votre fille comprend vraiment très vite. Elle tient de sa mère, j'imagine.

– Qu'est-ce qui vous fait croire que j'apprends aussi vite qu'elle, protesta gentiment Lauren.

– Il n'y a qu'à voir le ranch, insista-t-il en balayant les lieux du regard et de la main. Ça marche comme sur des roulettes. Vous avez les meilleurs chalets de ce coin-ci du Colorado. Les pistes qui montent jusqu'au Pic de l'Aigle sont féeriques et, d'après ce que j'entends dire, la propriétaire est un sacré petit bout de femme. Et, en outre, vous gérez cela toute seule.

Brad n'y allait pas avec le dos de la cuillère pour la flatter. Lauren était rouge de confusion, mais contente des compliments.

– Oh non, protesta-t-elle avec plus de fermeté. Je ne pourrais rien faire si Matt et Mélany ne m'aidaient pas. Je me repose entièrement sur Matt pour les aspects financiers de l'affaire. Le pauvre ! Il doit s'arranger pour caser en même temps ses responsabilités ici et les études à l'école vétérinaire.

Elle se détacha de son hôte et futur instructeur pour se diriger vers Matt. Il fallait qu'ils discutent des problèmes de pied de Tornado. Avant même le retour de sa mère, Mélany avait décidé d'en rester là et dessellait déjà son palomino. Elle était prête à le relâcher dans le pré.

– Tornado s'est fait mal à un pied, l'informa sa mère. Pas grand-chose, mais Matt pense qu'il faudra le laisser au box quelques jours.

– Il y a un box libre près de Petite Orchidée.

– En parlant de Petite Orchidée… coupa Brad. Il est grand temps que je la fasse travailler. Faut qu'on se prépare sérieusement aux finales de Gladstone, le mois prochain.

Et il envoya voltiger un nouveau mégot de cigarette pendant qu'il emboîtait le pas de Matt dans la grange. De son côté, Lauren aidait Mélany à s'occuper de Lucky. Elle le bouchonnait énergiquement.

– Alors, qu'est-ce que tu en penses ? demanda-t-elle.

– Génial, s'enthousiasma sa fille. Quelle athlète ! Et quel équilibre ! Aucune raison qu'ils ne s'en tirent pas avec les honneurs lors des finales.

– Est-ce qu'on parle bien de la même chose ?

– Je te parle de la jument, bien sûr !

– Et moi du cavalier ! Qu'est-ce que tu penses de Brad ?

– Ah… Ouais, il est pas mal ! Mais, franchement, est-ce que tu avais déjà vu une aussi belle Paint que Petite Orchidée ?

Mélany insista encore un peu jusqu'à ce que sa mère cède et lui propose de ramener Lucky au Pré du Renard pendant qu'elle resterait là à regarder Brad et Petite Orchidée. Elle arriverait sans doute à comprendre une ou deux astuces à réutiliser plus tard sur Lucky.

– Oui, c'est ça, observe le beau cow-boy, ronchonna Matt en rattrapant sa sœur à la sortie de l'écurie. Et Brad ceci, et Brad cela ! Tu ne te demandes pas un seul instant après quoi il en a.

– Non, s'assombrit Mélany.

– Je vais te mettre sur la voie parce que, moi, je me pose des questions. C'est quoi toutes ces flatteries ? Tous ces sourires et ce blabla.

– Calmos, Matt ! Il est comme ça avec tout le monde d'après ce que je vois.

– Non, insista Matt l'air renfrogné à la vue du champion qui ressortait de l'écurie. Il a des vues sur le plus gros des morceaux : notre mère ! Et crois-moi, je sais ce que je dis.

– Et alors ?

– Et alors, ça te dirait, à toi, de le voir s'installer ici à demeure ?

– Matt, franchement… Tu ne crois pas que tu brûles un peu les étapes ? Maman n'a eu que de brèves conversations avec lui !

– D'accord, mais tu ne vois pas comment il la regarde.

– N'importe quoi ! conclut Mélany.

– OK, OK, concéda Matt. Mais tu ne viendras pas pleurer après. Je t'aurais prévenue !

Pour souligner ses derniers mots, il tira ses gants de la ceinture de son jean et commença à les enfiler, tassant le cuir entre chacun des doigts d'un geste rageur, avant de repartir vers d'autres travaux.

Mélany le regarda s'éloigner, songeuse. *Il s'inquiète pour rien et ses préjugés n'intéressent personne. Mais, si c'était vrai ? Tout peut arriver, après tout ! Ma mère n'est sûrement pas du genre à se laisser embobiner par des salades. Elle saura le remettre à sa place.*

Finalement, Mélany décida de se concentrer sur Brad et Petite Orchidée. Ils s'entraînaient avec une confiance mutuelle et une aisance évidentes et exécutaient maintenant des *sliding stops* spectaculaires. La jument devait planter les antérieurs dans le sol tandis qu'elle ramenait les postérieurs sous elle. Elle s'asseyait quasiment sur ses fesses, tandis que le cavalier allégeait l'arrière-main en se relevant légèrement dans la selle.

Brad avait relevé l'un des pieds de Petite Orchidée pour découvrir un fer à cheval dont les éponges se prolongeaient de quelques centimètres derrière le sabot.

– Tu vois ces fers ? C'est l'une des astuces du métier ! expliquait-il à Mélany une fois l'entraînement terminé.

– Oh, c'est marrant ! Comme si la jument portait des petits skis, s'étonna Mélany.

– Exactement. Il faut dire que je la fais ferrer à chaud

par un gars du Wyoming. Ça m'a coûté une bonne centaine de dollars, mais inutile de vouloir gagner un championnat sans cette ferrure. Pareil pour la selle. Elle m'a coûté les yeux de la tête. Cousue main par le meilleur sellier des États-Unis. Pas la peine de vouloir faire des économies et d'acheter du matériel bon marché. Faut être à la hauteur de l'emploi.

Mélany en conclut que la hauteur de l'emploi influait également sur les chemises et les bottes tape-à-l'œil, sans compter le pick-up et le van blanc et argent.

– C'est quoi la dotation pour le titre de champion ? se renseigna-t-elle.

– 100 000 dollars !

– Ouf, je comprends tout...

– Mais ça demande un sacré boulot pour décrocher la 1re place.

Dans la maison, un téléphone sonna et interrompit leur conversation. Mélany se précipita pour répondre et ramena un message à l'attention de Brad, de la part d'un certain Evans :

– En gros, il a aboyé dans l'écouteur que vous lui louiez des installations dans le Wyoming, près de Green River, je crois. Il veut vous parler. Je rentre Petite Orchidée à l'écurie ?

– Oui, vas-y. Tu lui mets deux mesures d'aliments, commanda-t-il avant de filer prendre l'appel de son propriétaire.

Lorsqu'il revint cinq minutes plus tard, il ramena avec lui un épais nuage noir de mauvaise humeur.

– Je t'avais dit DEUX mesures d'aliments, beugla-t-il

depuis l'allée.

– Oui, c'est ce que…

– Pas du grain normal ! De l'aliment pour chevaux de compétition ! T'as quoi dans la tête ? Tu penses qu'un cheval comme ça se contente d'orge. Elle a besoin de suppléments vitaminés ! Faut vraiment que je pense à tout ici !

– Mais, vous ne me l'… commença Mélany avant de se pousser prestement sur le côté.

Inutile de discuter, il avait manqué la renverser contre la séparation en rentrant dans le box. Il était d'une humeur massacrante, qu'il infligeait maintenant à sa jument. Il la repoussa au fond du box, lui enfonçant le coude dans le poitrail pour aller plus vite. Petite Orchidée releva la tête, effarée. Elle coucha les oreilles, puis recula.

– Et tu me repailles ce box immédiatement ! ajouta-t-il en montrant la litière souillée.

Mélany se mordit les lèvres sans répondre et s'exécuta. Elle l'entendit encore insulter la jument, la bousculer dans le box et lui donner un nouveau coup de coude qui déclencha un hennissement de mécontentement.

Aucun merci en revanche, lorsqu'elle revint avec une brouette chargée de paille fraîche et une fourche pour sortir les crottins. Brad curait les pieds et balançait tous les petits cailloux et le sable dans le box. Si la jument avait le malheur de bouger, risquant de le déséquilibrer, il intervenait aussitôt méchamment :

– Arrête de t'appuyer sur moi, bon sang !… C'est compris, sale fainéante ! J'ai pas encore fini.

Résignée, la pauvre Petite Orchidée endurait la séance de manucure. Elle laissa pendre sa belle tête blanche et fixa le sol jusqu'à ce que Brad en ait enfin terminé avec elle.

Il se redressa, prit son filet et le jeta à Mélany.

– À nettoyer ! grommela-t-il.

Elle attrapa les rênes et sentit le mors venir taper contre son tibia. *Aïe ! Qu'est-ce qui lui prend ?!* Ce n'est qu'une fois qu'il eut tourné le dos et fut sorti du box qu'elle osa reprendre son souffle et boitiller dans l'allée. *Ouf… elle entendait le bruit de ses pas s'éloigner !*

Petite Orchidée poussa un soupir et s'ébroua. Elle aussi osa enfin s'avancer : deux pas seulement vers la porte, pour lancer un regard blessé à son maître. Il ne se retourna même pas pour la regarder.

– Bon, il va falloir attendre qu'il se calme ! expliqua Mélany.

Elle s'approcha et passa sa main sur l'encolure de la jument avant de tourner son regard vers la porte. Brad allumait déjà une nouvelle cigarette et discutait avec Lauren.

– Superbe chemise, mes compliments. Ce bleu me rappelle la couleur du ciel quand l'aube se lève sur les plaines du Wyoming. Je vous accompagne en balade en fin de journée, madame Scott ?! Tout le plaisir serait pour moi !

Docteur Jekyll et Mister Hide, ange et démon à la fois ! Mélany n'en croyait pas ses oreilles. Il avait repris son ton guilleret, faisait preuve d'une galanterie dépassée et offrait même le bras à sa mère.

– C'est ce même coude qu'il vient d'enfoncer dans tes côtes, ma pauvre Orchidée ! murmura-t-elle.

La jument s'ébroua une seconde fois et dodelina de la tête comme si elle ne pouvait que constater l'injustice : Lauren Scott avait glissé sa main au bras du grand cavalier et ils sortaient ainsi du corral, bras dessus, bras dessous, au milieu de plaisanteries et d'éclats de rire.

Pendant qu'elle éparpillait la paille dans le box, Mélany, complètement décontenancée, ruminait encore l'incident. Surgi de nulle part, Matt passa la tête par-dessus la porte :

– Tu vois, ce que je t'avais dit... !

– Ouais, tu as sans doute raison ! dut-elle admettre.

Elle redressa le buste, tendant l'oreille aux rires qui s'évanouissaient alors que le couple pénétrait dans la maison. Effectivement, Brad avait jeté son dévolu sur leur mère. Désormais, Matt ne serait plus le seul à se faire du souci.

3

–C’est gonflé, là, au niveau des talons. Tu vois comme Tornado évite de poser le pied par terre, faisait remarquer Matt. Il le tient souvent en l’air. En fait, il a une bleime et ça lui fait aussi mal que toi lorsque tu as une ampoule au pied. C’est comme un gros bleu dans le pied. Le sang fait pression sur les tissus à l’intérieur du sabot. Il faut l’évacuer pour soulager la douleur.

Matt pointait le cure-pied vers une partie de la sole, à côté des barres, où l’on distinguait à peine quelques marques anormales. Mélany acquiesça. Rentrée du collège en ce lundi après-midi, pendant la semaine de stage de *reining* avec Brad Martin, elle s’était rapidement changée pour rejoindre son frère aux écuries. Elle adorait lorsqu’il lui enseignait les choses apprises à l’école vétérinaire de Denver. Sa nouvelle science sur les maladies et boiteries du cheval était bien utile au ranch.

–Alors, qu’est-ce qu’il faut faire ? demanda Mélany.

–Déjà, on va ramollir la corne du pied en la faisant tremper dans un seau d’eau tiède, additionnée de sulfate de magnésium ou de javel, expliqua Matt. Tornado devra rester au moins cinq minutes le pied dans le seau. On fait ça doucement et il va sentir que ça lui fait du bien, donc il devrait rester tranquille. Le mélange finit par faire sortir les sérosités accumulées à l'intérieur.

– Alors ça fait du bien, Tornado ? questionna Mélany qui caressait la tête du cheval.

Le petit palomino se laissait soigner tranquillement. Lorsqu'il eut fini de faire trempette, il n'émit aucune objection au cataplasme. L'« apprenti-véto » apposa un gros pansement préimbibé sur les talons du cheval, puis le recouvrit d'une bande adhésive pour le maintenir en place. Le bandage avait l'air propre, net, très professionnel. Matt recula pour l'admirer avec satisfaction.

– Allez, Tornado, au placard pendant quelques jours encore !

– En espérant qu'il n'arrache pas le pansement, plaisanta Mélany.

En effet, le poulain se contorsionnait déjà, tordait son encolure et voûtait son dos, postérieur en l'air, pour mordiller le haut de la bande. Il abandonna au bout de quelques secondes pour clopiner vers sa mangeoire. Là, il pourrait au moins grignoter les derniers petits grains qui traînaient.

– On lui mettra un sachet de phénylbutazone en poudre dans sa prochaine ration, décida Matt. C'est un anti-inflammatoire. Ça évitera que les tissus autour ne réagissent. Du coup, il aura moins mal.

– Il se débrouille pas mal sur trois 'pattes', souligna Mélany en faisant intérieurement la comparaison avec le comportement de certains malades.

– Oui, c'est un bon petit poulain, confirma Matt en caressant Tornado.

Il jeta ensuite un rapide coup d'œil à Petite Orchidée.

La jument pie avait l'air isolée et triste, la tête basse, les yeux mi-clos affichant un regard profondément blasé.

– Qu'est-ce que tu as ? Le travail te manque ? s'enquit Matt.

– Brad la retravaillera en carrière ce soir, après le repas. J'espère bien être de la partie avec Lucky, histoire de glaner quelques tuyaux, expliqua Mélany, impatiente de prendre son cours particulier de *reining*.

– J'étais à San Luis aujourd'hui. J'ai entendu dire deux ou trois trucs pas géniaux sur notre champion, lâcha Matt pour voir la réaction de sa sœur.

– Ah, oui ! Quels trucs ?

– D'après ce que j'ai saisi, la vie n'est pas toute rose pour lui en ce moment !

– Ah bon, pourquoi ?

– Problèmes de trésorerie, grogna Matt en regardant sa sœur s'affairer autour de Petite Orchidée. Il doit de l'argent à un type, un certain Evans. Une dette de quelques milliers de dollars pour les installations d'un ranch, le Double L, près de Green River dans le Wyoming. Brad promet de le rembourser, mais ne tient pas ses promesses. Evans a décidé de l'expulser et de lui faire fermer son affaire.

– Mince, s'exclama Mélany.

Elle s'inquiétait surtout de savoir comment cela pourrait affecter la vie de Petite Orchidée. Sans installation où s'entraîner, Brad et sa jument n'étaient pas sortis de l'auberge. Rien d'étonnant à sa mauvaise humeur de la veille, après le coup de fil d'Evans. Elle raconta l'événement à son frère et ils en conclurent que les rumeurs étaient sûrement avérées.

Autour du dîner, face aux offensives charmeuses de Brad envers leur mère, Matt et Mélany avaient de quoi réfléchir.

– Fantastique ce repas, félicitait le cavalier désargenté. Une femme qui sait aussi bien faire griller des steaks saignants, je vote pour elle tout de suite.

Matt débarrassa la table sans masquer son impatience. Savoir cuisiner et être mignonne devaient être les seuls critères de l'homme pour juger une femme.

– Il débarque de l'Arche de Noé ou quoi, ce vieux macho ?! murmura-t-il à sa sœur.

Elle éclata de rire en retour, puis haussa les épaules sur le chemin de l'évier où ils allaient tous deux déposer assiettes et casseroles. De retour à table, ils retrouvèrent Brad au beau milieu d'une histoire insipide de recette à la cow-boy.

– Chez nous, on dit que la meilleure façon de cuire un bon steak, c'est de prendre un taureau, de lui couper les cornes, de lui essuyer le derrière et de lui faire goûter la flamme. Ensuite, y'a plus qu'à envoyer le steak sur l'assiette, s'esclaffait-il.

Dégueu ! Mélany fut rassurée de voir que le sourire de sa mère était aussi gêné que le sien. Brad, lui, ne s'apercevait de rien. Coudes sur la table, il monopolisait la conversation en évaluant ses chances aux prochains championnats de Gladstone.

– Franchement, y'a que Terry sur Big Splash qui puisse nous arriver à la cheville, se vantait-il. Ils vont faire tout le chemin depuis Ocala, en Floride. Ça nous donne un sacré avantage, parce que Petite Orchidée et moi, on pourra être sur place pour s'entraîner une semaine avant lui. Je l'ai déjà fait bosser dur, mon Orchidée ces derniers jours. Il faut qu'elle soit vraiment au top de sa forme. Lauren, ça vous dirait d'être mon « invitée spéciale » aux finales ? Vous pourriez venir nous voir remporter le premier prix ?

– Je ne peux pas m'absenter du Ranch de la Pleine Lune un seul jour en été, se défila l'intéressée, les joues toutes rouges. Mais, je vous remercie de l'invitation. Ah, au fait, un certain Evans a téléphoné pendant que vous étiez en balade cet après-midi. Il a dit qu'il n'attendrait pas plus tard que samedi et que vous saviez de quoi il voulait parler. Il a demandé que vous le rappeliez.

– J'ai d'autres choses plus importantes en tête en ce moment. Pas de temps à perdre au téléphone. Prête, Mélany ? On y va ?

– Où ? Travailler avec Lucky ?

– Évidemment ! Si tu veux savoir comment on devient championne de *reining*, pas de temps à perdre non plus !

Lauren s'était souvenue *in extremis* du message à transmettre. Matt jubilait. Il lança un regard significatif à sa sœur. Mais tout le monde se levait déjà dans le boucan infernal des chaises.

– L'astuce, c'est de lier tous les mouvements en souplesse, comme par un fil de soie ! résumait Brad. Tu pars d'un cercle, tranquille, puis tu enchaînes sur des voltes à la vitesse de l'éclair, et enfin le *spin* à 360 degrés.

La séance du soir avait attiré une vingtaine de spectateurs, dont la plupart des randonneurs de la semaine, plus Lauren et Hadley.

Mélany activa Lucky, sous l'œil aiguisé de Brad. Elle lui fit décrire un cercle parfait, au petit galop puis, d'une légère pression des mollets, lui demanda d'accélérer sur des voltes plus courtes. Elle termina comme prévu sur un vrai *spin*. Avant même d'avoir fini, elle avait déjà le tournis.

– Pas mal du tout ! Mais, regarde-moi, sur Petite Orchidée. Tu vois comme on raccourcit encore plus nos cercles. Et là, tu mets les gaz pour le *spin*.

Il exécuta une démonstration parfaite tout en la commentant et déclencha ainsi un tonnerre d'applaudissements parmi le mince public.

– Youhou, Brad, encore un !

– Incroyable, vous avez vu comment elle tourne !

– Allez, un *sliding stop* maintenant, Brad !

Incapable de résister au plaisir qu'il donnerait à ses admirateurs, Brad dirigea Petite Orchidée vers le fond de la carrière et la lança au galop de charge. Le sable jaune se soulevait sous ses pieds à mesure qu'elle prenait de la vitesse arrosant Mélany et son palomino. Énervé par la poussière comme par la jument, Lucky ne tenait plus en place.

– Reste sage ! murmura sa cavalière.

Brad continuait de faire monter la pression, accélérant au son des « youpi » de la petite foule. Bord du Stetson rabattu sur le front, mâchoire serrée, il était maintenant prêt à ralentir la jument.

Dans son excitation, il en oublia probablement la présence de Mélany et de Lucky car il sortit de son grand cercle à vive allure, le recoupa et fonça droit vers eux. Il avait sûrement en tête de s'arrêter en glissant avant que Petite Orchidée n'atteigne l'autre bout de la carrière, mais le couple leur barrait involontairement le chemin. La jument Paint dut virer sec sur la droite pour les éviter et désarçonna son cavalier en plein galop.

Tout le monde retint son souffle tandis que Lucky se cabrait. Mélany se coucha sur l'encolure pour rester en selle. Elle reçut une giclée de sable et ferma aussitôt les yeux pour ne pas être aveuglée. Elle les rouvrit juste à temps pour voir Brad tomber sur le côté et rouler dans la poussière. Les cris de ses fans s'éteignirent en un grand silence.

Lauren et Hadley enjambèrent la barrière, l'un pour rattraper la jument, l'autre pour aider le cavalier à se relever. Pendant ce temps-là, Mélany s'efforçait de ramener Lucky au calme.

Brad s'était relevé, les vêtements couverts de poussière, la tête nue car son Stetson continuait de rouler vers la barrière. Quelques gouttes de sang perlaient à son menton et il se tenait l'épaule droite.

– Appelez vite une ambulance, cria quelqu'un dans l'assistance.

– Non, répondit Brad en se libérant de Lauren. C'est

rien, je vais bien.

– Mais, enfin, vous vous êtes sans doute démis l'épaule, protesta Lauren.

La façon dont le bras du champion pendait ne laissait aucun doute sur le diagnostic. Matt et Ben, arrivés au pas de course depuis la grange, sautèrent la barrière en chœur pour aider Lauren à s'occuper de l'épaule luxée.

– Si on intervient à chaud, on peut remettre l'épaule en place sans problème. Ensuite, il faudra garder le bras bandé, assura Matt après avoir jeté un rapide coup d'œil. L'articulation et les ligaments sont encore assez souples. Mais ça va faire hypermal, je vous préviens.

– Vas-y au lieu de jacasser, réussit à décrocher entre ses dents serrés un Brad pâle de douleur.

– Attendez, on va faire ça à la maison, intima Lauren.

Son premier souci était d'isoler le cavalier dans un endroit tranquille. Elle dirigea son monde hors de la carrière et ramassa au passage le Stetson. Sa seconde pensée alla vers sa fille.

– Ça va Mélany ?

– C'est bon, on n'a rien !

– Est-ce qu'on a rattrapé Petite Orchidée ? demanda Brad.

Il fut totalement tranquillisé de voir que Hadley faisait marcher sa belle jument pie sur la piste et fut assez honnête pour s'arrêter devant Mélany et Lucky alors que Matt et Lauren l'entraînaient vers la maison.

– Surtout, ne va pas culpabiliser sur cet accident. C'est ma faute, à 100% !

– D'accord, mais quand même…

– Non ! Tu n'y es absolument pour rien, vraiment !

Alors que les spectateurs se dispersaient progressivement, l'adolescente se sentait malgré tout mal à l'aise. Quel choc de voir Brad chuter ! Et la moindre blessure pouvait ressembler à une mise à pied qui compromettrait ses chances aux championnats de Gladstone.

– Monsieur je-sais-tout ! grommela Hadley à Ben à propos de son ami du Wyoming.

– Oh ça va ! soupira Ben.

– L'imbécile ! Il se prend pour Zorro ou quoi ? poursuivit le vieil homme, méprisant ces clowneries. Espèce de cow-boy d'Hollywood ! Même pas capable de faire attention à ses os ni à sa jument.

Et blablabla et blablabla… Bruits et conversations s'éloignèrent jusqu'à ce que Mélany et Lucky restent finalement seuls au milieu de la carrière. Elle leva les yeux vers l'horizon et frissonna dans la fraîcheur du soir.

– Et maintenant… ?

Aucune réponse du palomino. Juste la longue plainte du vent déferlant du Pic de l'Aigle. La nuit tombait et un monceau de problèmes s'annonçaient pour le lendemain.

– J'espère que le vieil adage « jamais deux sans trois » sera démenti ! murmura Lauren à l'attention de Mélany.

Plus de vingt-quatre heures s'étaient écoulées depuis

l'accident. Mélany avait passé la journée au collège. Sa mère et Brad avaient eu tout leur temps pour discuter des problèmes du champion. Assise avec sa fille sur la balancelle de la galerie, devant la maison, Lauren éprouvait maintenant le besoin de papoter avec elle.

– Qu'est-ce qu'il s'est passé ?

– Rien pour le moment. Touchons du bois ! Mais... Et d'une les chances de Brad pour Gladstone se sont sérieusement réduites. Et de deux : il m'annonce aujourd'hui qu'il va devoir rentrer chez lui. Il a eu une grosse somme à sortir pour son van au printemps et, du coup, il a des problèmes pour payer son loyer maintenant.

– Ah, bon. Il te l'a avoué comme ça ? s'étonna Mélany, en arrêtant net la balancelle.

– Oui, on parlait de choses et d'autres et, tu sais, malgré l'apparence qu'il se donne, si tu grattes un peu sa carapace, tu découvres un type vraiment sérieux, et sensible aussi.

– Ah, ouais, vraiment ?!

– Ne me regarde pas comme ça, Mélany. Tu ne vaux pas mieux que ton frère dans ces moments-là.

– Excuse-moi !

Mélany avait décidé de ne pas se disputer avec sa mère mais de l'écouter et de réfléchir.

– Bien sûr, il a un air bravache et de l'ambition. Merci, j'avais remarqué ! Mais, on n'a rien sans rien dans ce monde. Et comme je le disais, dans son for intérieur, c'est un être humain d'une grand bonté.

Oui, c'est ça ! Et un être humain âpre au gain, qui voit

déjà ce qu'il pourrait ramasser s'il persuadait Lauren Scott de partager les bénéfices du Ranch de la Pleine Lune avec lui. En pensée, Mélany était aussi cynique que Matt !

Ne tirons pas sur le pianiste... Il était trop tôt pour suspecter Brad Martin d'une telle intention. L'idée de l'accuser à la va-vite avait bel et bien fait son chemin dans sa tête et y avait pris racine. Pourtant, si quelque chose se tramait entre Brad et Lauren, l'essentiel était que cette histoire fasse le bonheur de leur mère.

– Passons... reprit Lauren après ce qui sembla être un long silence de réflexion. Le meilleur moyen pour Brad de se refaire et de régler son problème de loyer...

– Hé ho, Lauren, Mélany !

Charlie les interrompait alors que Mélany était curieuse de savoir ce qu'allait dire sa mère. Il arrivait dans le pick-up du ranch et descendait le chemin qui menait à la cour. Il sauta du véhicule et déchargea de grosses bobines de fil électrique dans la grange. Elles étaient destinées à l'électricien qui devait y travailler la semaine suivante.

– Continue, maman !

– Oui, alors... Brad et moi sommes convaincus qu'il pourrait résoudre son problème d'argent s'il gagnait le premier prix à Gladstone.

– Bien réfléchi, mais tu crois vraiment qu'il est si doué que ça ? soupira Mélany.

– Oui, je le pense. Et c'est ce qu'il a promis à Evans au téléphone cet après-midi. Il a réussi à le convaincre d'attendre encore un mois pour le remboursement.

– Et Brad l'a informé de l'interruption involontaire de son entraînement ?

– Non pas besoin, on a eu une autre idée géniale.

Mélany nota avec quelle facilité sa mère avait glissé vers le « on » qui faisait d'elle et de Brad un tout. Elle fronça les sourcils et lança un regard inquisiteur.

– On en a beaucoup discuté et Brad m'a dit exactement ce dont il avait besoin pour poursuivre l'entraînement de Petite Orchidée en vue de Gladstone. J'ai dit que j'allais réfléchir et t'en parler au retour du collège.

– Qu'est-ce que j'ai à voir là-dedans ?

– Chut… Écoute ! L'essentiel c'est que la jument soit au top et, pour ça, il faut quelqu'un qui continue de la monter. Mais, un bon cavalier, qui sache s'y prendre avec les chevaux. Quelqu'un en qui Petite Orchidée pourrait avoir confiance…

– Attends ! Deux secondes !

Les yeux gris de Lauren étaient pleins d'enthousiasme. Mélany avait le souffle coupé par ce qu'elle pressentait, mais ses yeux aussi s'étaient rallumés. Lauren prit les mains de sa fille dans les siennes.

– Non, je n'attends pas et, toi, tu ouvres tes oreilles. Brad t'a vue travailler avec Lucky. Tu montes très bien d'après lui. Bien sûr, tu débutes en ce qui concerne les *spins* et les *sliding stops*, mais Brad pense que Petite Orchidée pourrait faire ça les yeux fermés. Elle n'a pas besoin d'un spécialiste sur son dos, juste de quelqu'un qui continue à la travailler pour la maintenir en forme jusqu'à ce que Brad puisse faire le reste…

– Ouf ! s'éberlua Mélany en reprenant ses mains pour

faire signe à sa mère de s'arrêter. Tu veux dire qu'il veut me confier l'entraînement de Petite Orchidée jusqu'à son rétablissement ?

– Qu'est-ce que tu en penses ? acquiesça Lauren.

Le regard toujours aussi passionné, elle se leva de la balancelle.

– J'ai promis à Brad que je donnerai la réponse avant dîner. Alors, je lui dis quoi ? Oui ?... Allez, t'as pas fini de me faire poireauter ! Réponds !

4

Levée avant le jour, Mélany était déjà dans la carrière avec Petite Orchidée alors qu'aucun des stagiaires n'était debout.

– Oui, avait-elle dit à sa mère. Dis à Brad que c'est bon !

Peu importe qu'elle ait à se réveiller plus tôt pour avoir le temps de travailler la jument avant le collège. Elle se moquait aussi de ne plus sortir avec les copines. Elle tomberait de fatigue sur son lit chaque soir, pleinement satisfaite car elle, Mélany Scott, serait chargée d'entraîner la magnifique Petite Orchidée d'ici à ce que l'épaule luxée de Brad Martin soit complètement guérie ! Pendant toute la soirée du mardi, elle avait été incapable de parler d'autre chose... c'était la chance de sa vie et cette jument valait des millions.

– La jument est très bien, avait rétorqué Hadley à qui elle avait annoncé la nouvelle dans sa Cabane de l'Ours Brun. Le problème ce n'est jamais le cheval dans ce cas ; faut voir ce que sait faire le cavalier !

– Qui a parlé de problème ? avait répliqué Mélany, véhémente.

– Oh, personne... alors bonne chance ! avait conclu Hadley.

Mélany s'était rebiffée dès que le vieil homme avait suggéré qu'il pouvait y avoir un problème. À sa surprise, elle avait senti qu'elle ne voulait plus entendre un mot de plus contre cette jument et son propriétaire. Hadley l'avait bien compris et s'était contenté de hausser les épaules sans un mot de plus.

Insensible aux quelques paroles de Hadley, Mélany avait passé une partie de la nuit à réfléchir à la façon dont elle monterait pour la première fois Petite Orchidée le lendemain à l'aurore. Elle avait opté pour travailler d'emblée les changements de pied, contente de savoir qu'elle ferait cela à peine le jour levé, en l'absence de tout spectateur.

– Sauf moi... lui avait rappelé Brad.

Effectivement, il l'attendait dehors lorsqu'elle sortit de la maison dans le petit brouillard gris du matin. Petite Orchidée était déjà sellée dans le corral, prête au travail.

– Avant de commencer en carrière, suggéra Brad, va la détendre le long du Ruisseau d'Argent. Tu la galopes un peu aussi, ça va la réveiller.

Il écrasa son mégot au sol et lui indiqua de la main les berges du ruisseau. Il était emmitouflé dans une grosse veste à carreaux bleus et verts, dont l'une des manches pendait. Une bosse sur le devant indiquait que le bras droit était en écharpe pour laisser l'épaule blessée au repos.

Mélany hocha la tête en signe d'approbation et sauta en selle. Dès que Petite Orchidée se mit en route, sa cavalière ressentit la fluidité et la puissance de ses mouvements. Quelle force dans ses muscles, lorsqu'elle passait simplement du pas au trot, commençait à se dégourdir avant d'entamer le galop.

Une fois détendue, elle fila comme le vent le long du ruisseau. Les lapins fuyaient pour se réfugier dans leurs terriers, les geais s'envolaient des berges vers les trembles pleureurs. Même la brume semblait se dissiper sur son passage à vive allure.

Mélany en avait le souffle coupé lorsqu'elle fit faire demi-tour à la jument au départ du Sentier du Lac. Petite Orchidée, quant à elle, était à peine essoufflée. Bien d'aplomb sur ses quatre pieds, elle n'attendait qu'un ordre pour s'élancer sur le chemin du retour, crinière au vent.

– Génial, explosa Mélany à l'arrivée.

Elle reprit son souffle en se dirigeant vers Brad qui la suivait du regard jusqu'à la grange. À la porte de sa cabane, Hadley les observait tous trois. Mélany remarqua la lumière qui venait de s'allumer dans la chambre de sa mère.

– Qu'est-ce que tu dirais de faire quelques changements de pied ? annonça-t-elle à son instructeur.

– Tiens, tu me tutoies maintenant ?

– Oui, parce que désormais je te considère comme des nôtres.

– Je ne vois aucun inconvénient à faire quelques changements de pied, mademoiselle Scott, plaisanta Brad.

À la vue de Matt qui sortait sur la galerie, il se raidit aussitôt mais ouvrit cependant la porte de la carrière et informa Mélany qu'elle pouvait commencer à travailler seule.

La championne en herbe se lança à fond dans ses exercices sans prêter plus attention à son frère qui rejoignit bientôt Brad. Elle était trop occupée à passer de la main gauche à la main droite, et vice versa. Elle essayait de perturber le moins possible le rythme de Petite Orchidée pour qu'elle change de pied en douceur. Elle devait être précise dans ses aides, se concentrer un maximum. La petite jument pie s'exécutait merveilleusement. Elle avait la grâce d'une danseuse étoile et la puissance d'un athlète international.

Brad et Matt se tenaient contre la barrière, en pleine conversation. Selon l'endroit où elle décrivait ses grands cercles au galop, Mélany surprenait quelques bribes de leur entretien dont le reste des mots se perdaient dans le vent du matin.

– ... Qu'est-ce que tu veux dire par « ne pas me payer la totalité de mon salaire » ? s'échauffait Brad.

– Tu as bossé trois jours avec les clients avant ton accident, donc il est hors de question qu'on t'en paye sept, expliquait Matt fermement. Normal puisqu'on va même devoir rembourser certains stagiaires qui ne feront pas la semaine complète de stage.

– T'as vérifié ça avec ta mère ? railla Brad. Ça m'étonnerait qu'elle soit d'accord.

– Pas besoin. Ces décisions-là, c'est moi qui les prends ! insistait Matt. Et je constate aussi que tu pourrais finir par nous coûter plus que prévu, vu les rations de ta jument et le granulé spécial que tu nous demandes d'acheter pour elle. Comme on ne peut pas poursuivre le stage de *reining*, ces frais sont beaucoup trop élevés pour le ranch.

– Tant pis !

Brad tourna le dos à Matt et fixa son regard sur les montagnes encore embrumées au-delà du beau toit rouge de la grange. Son attitude exaspéra d'autant plus Matt.

– On avait pourtant passé un contrat !

– Exact ! Mais pour sept jours, pas trois !

Toujours au galop dans la carrière, Mélany suivait plus ou moins la conversation, le cœur lourd, et compatissait avec les deux parties. Brad et Matt s'éloignèrent ensuite vers la grange pour finir leur discussion en privé.

Les sous ! Elle ne pouvait pas se rappeler un seul jour où Matt et leur mère ne se soient pas fait du souci pour l'argent du ranch. Et elle savait également que Brad avait de graves problèmes financiers.

Petite Orchidée avait vraisemblablement ressenti l'ambiance négative et, par contrecoup, avait commencé à ralentir, s'était embrouillé les pinceaux à plusieurs reprises et semblait moins ardente au travail.

– Bon, allez, fini pour aujourd'hui ! décida sa cavalière. On essaiera d'autres choses quand je reviendrai du collège.

Elle arrêta la jument et se pencha sur l'encolure pour la caresser avant de descendre. Elle l'attacha dans le corral et lui retira la selle.

– ... tu regretteras de vouloir me rouler, c'est moi qui

te le dis ! criait Brad à l'intérieur de la grange. C'est trop facile : monsieur abuse de la situation et rentre chez lui tranquille !

– Et toi, qu'est-ce que tu croyais : pouvoir débarquer au Ranch de la Pleine Lune et t'incruster en traînant ici sans rien faire ? répliquait Matt, à bout. Tu peux tromper ton monde avec tes belles paroles mais, moi, je ne suis pas dupe !

– Peut-être qu'un jour tu grandiras enfin dans ta tête ! C'est tout le mal que je te souhaite !

D'après les bruits, Brad avait dû se retourner pour sortir et s'éloigner de Matt. Des pas se dirigeaient vers la porte de la grange, suivis par d'autres plus pressés, puis le ton monta d'un cran. Mélany se figea sur place.

– Ça suffit ! protesta Matt. Je n'ai pas envie d'avoir à taper quelqu'un qui a le bras en écharpe. Mais, vas-y, frappe-moi si ça te démange !

– Tu ne vaux même pas l'énergie que je dépenserais pour ça, lâcha Brad avant de plonger vers la sortie, le visage masqué par son grand Stetson.

Coupé dans son élan à la vue de Mélany, il marmonna quelque chose sur la ration de Petite Orchidée, puis longea la grange à grandes enjambées.

Matt apparut enfin dans l'encadrement, tout échevelé et visiblement contrarié. Il remarqua l'air affolé de sa sœur.

– T'as pas intérêt à cafter, la prévint-il. Tu laisses maman hors de cette histoire, compris ? Ce type ! Il pense sans doute qu'il peut nous avoir jusqu'au dernier sou. Mais faudra d'abord qu'il me passe sur le corps !

Mélany eut à peine la force d'opiner du chef. Matt, quant à lui, ne parvenait même plus à dissimuler sa colère. Il se contenta de se pousser pour laisser passer Petite Orchidée et sa cavalière.

Mélany était dans tous ses états lorsqu'elle partit au collège. Si seulement Matt et Brad pouvaient oublier leurs différents.

On n'avait pas revu le plus âgé des deux depuis la dispute. Quant à Matt, il arpentait le ranch avec une tête de six pieds de long. Un orage de montagne à lui tout seul ! Leur mère avait senti qu'il y avait du grabuge et avait lancé un regard interrogateur à sa fille, mais celle-ci n'avait pas pipé mot !

Maintenant qu'elle avait dit au revoir pour la journée à sa mère et ressortait sur la galerie, Mélany avait la désagréable impression qu'une boule lui restait en travers de la gorge. Sa mère avait eu raison d'évoquer le vieux dicton « jamais deux sans trois » : les ennuis de trésorerie de Brad pour commencer, puis l'accident et, pour clore le tout, la bagarre avec Matt.

–Bonne journée, ma chérie, lui souhaita Lauren comme d'habitude.

Mélany plissa un front soucieux... *ça m'étonnerait qu'elle soit bonne, aujourd'hui !*

Elle enfila son cartable en bandoulière puis descendit les quelques marches qui menaient vers la cour où Matt l'attendait pour la conduire. Une fois arrivés au bout de leur chemin de terre, il la déposerait sur la voie rapide où elle attendrait le car scolaire.

Avant de monter en voiture, quelque chose attira son attention vers la grange où les chevaux étaient au box. Fleur de Givre, la mère du poulain né la semaine dernière, hennissait. Elle appelait peut-être ses compagnons au pré pour leur signaler qu'elle était confinée à l'écurie jusqu'à ce que son petit soit assez costaud pour se retrouver au milieu du troupeau.

Fleur de Givre hennit une deuxième fois, avec une insistance qui frôlait le malaise. Son cri était perçant et nerveux, de plus en plus fort, et elle ne s'arrêtait plus. Elle poussait hennissement sur hennissement.

– Allez, Mélany, bouge ! cria Matt en mettant le contact.

– Attends, deux secondes !

Matt avait cours à l'école vétérinaire et il lui tardait de partir, mais sa sœur devait absolument s'assurer que tout allait bien pour l'Appaloosa et son poulain. Peut-être celui-ci avait-il un problème...

Elle jeta son cartable dans le coffre de la voiture et courut à la grange ouvrir les portes pour voir ce qui se passait à l'intérieur.

L'odeur ! Cela la frappa d'entrée. Impossible de se tromper. C'était l'odeur douçâtre et chaude du foin qui se consume.

Puis, la fine volute de fumée grise. Elle montait du sol le long d'un énorme pilier en pin qui soutenait la toiture surélevée.

Oh, non pas ça ! Pas le feu !

Le cœur de Mélany s'arrêta presque de battre pendant qu'elle scrutait l'allée centrale du bâtiment de bois. La lumière brumeuse filtrait de dehors jusqu'au fin fond de la grange et l'adolescente espéra un instant que ce qu'elle voyait n'était pas de la fumée, mais un peu de brouillard ou un rayon de soleil éclairant de la poussière. Mais l'odeur envahissait ses narines et elle comprit que la situation était alarmante.

– Au feu ! cria-t-elle.

Fleur de Givre tapait contre les parois et se jetait déjà contre la porte de son box tandis que, terrifié, son poulain s'était réfugié dans un coin. À côté d'eux, Sarabande, la jument alezane encore pleine relevait la tête pour hennir à pleins poumons.

– Au feu ! hurla de nouveau Mélany.

Elle entendit la portière de la voiture claquer et les pas affolés de Matt. Elle se rua sur la porte la plus proche et tira de toutes ses forces pour libérer Sarabande. Elle attrapa un licol pour essayer de le lui passer sur la tête, mais la jument prise de panique résistait, reculait et se cabrait à mesure que la fumée atteignait ses naseaux.

Matt arriva enfin en courant, évalua rapidement la situation et entreprit de s'occuper de Fleur de Givre et de son poulain si faible et tremblant. Il lui fallut du temps pour les convaincre de sortir alors que la fumée s'épaississait. Le foin craquait et s'enflammait autour du pilier de bois que les flammes commençaient à lécher.

Plus loin dans l'allée, Tornado et Petite Orchidée

tapaient des quatre fers contre leurs portes. Le cœur battant à tout rompre, Mélany suppliait Sarabande de sortir rapidement, mais dans le calme. Ses yeux larmoyaient déjà sous l'effet des gaz. Juste derrière, Matt bataillait avec Fleur de Givre et le poulain pour les mettre en sécurité. Enfin, après tant d'efforts, frère et sœur eurent la joie d'entendre le cliquetis des sabots dans l'allée – direction la sortie.

Des silhouettes apparurent dans l'encadrement. Mélany reconnut celles de Ben et de Charlie puis, derrière, celle de Lauren. Ben prit la longe de Sarabande des mains de Mélany, qui courait déjà vers Tornado et Petite Orchidée.

Ou fallait-il mieux essayer d'éteindre le feu d'abord ? Un instant d'hésitation pouvait faire toute la différence. Il y avait un extincteur chimique dans un angle près du box de la jument Paint. Il fallait qu'elle l'attrape et le mette en fonction.

– Matt, dégage Tornado de là, s'égosilla-t-elle.

Son frère était sur ses talons. Elle eut juste le temps de comprendre qu'il était entré dans le box du jeune palomino lorsqu'un nuage noir l'aveugla et lui emplit la gorge. Elle se mit à quatre pattes pour ramper jusqu'au poteau, là où les flammes étaient au plus fort.

De l'air frais, par terre. C'est plus frais au sol ! Elle entendait Petite Orchidée ruer désespérément mais ne pouvait qu'à peine distinguer sa tête au-dessus de la porte, les yeux exorbités et les naseaux dilatés de terreur. La bouche grande ouverte, elle hennissait sans cesse. Instinctivement, Mélany tendit le bras pour déverrouiller la porte du box et laisser la jument sortir dans l'allée centrale.

Après quoi, elle arracha le lourd extincteur de son support dans l'angle de la grange et dirigea le tuyau vers les flammes. Elle n'avait plus qu'à enfoncer la poignée, heureuse de voir enfin sortir la mousse blanche.

Avant que la neige carbonique n'ait le temps d'atteindre le feu, une flamme grimpa le long du pilier, derrière Petite Orchidée. La jument se cabra et ses antérieurs rasèrent la tête de Mélany. Celle-ci tituba à reculons, les yeux en larmes, la gorge en feu. Ses poumons cherchaient l'air. La neige carbonique giclait, mais le feu se répandait dans le foin.

Un instinct de survie submergea finalement la jument pie. Elle réussit à sentir « l'issue de secours » malgré l'épaisse fumée et galopa vers les portes, pourtant impossibles à distinguer, se guidant sans doute aux hennissements de ses congénères et aux cris des personnes arrivées sur les lieux.

– Mélany, où es-tu ? s'écria Lauren en essayant de pénétrer dans le bâtiment.

– Recule, maman. Attrape Petite Orchidée et sors-la d'ici !

Au-dessus de sa tête, les flammes ronflaient et crépitaient. Presque aveuglée, Mélany dirigea de nouveau le tuyau sur sa cible et appuya à fond. La mousse atteignit le foyer d'incendie et combattait déjà le feu pour l'inonder au milieu d'un obscur tourbillon noir.

Encore ! Pourvu qu'il fonctionne ! Mélany luttait maintenant contre l'asphyxie. En réponse à ses prières, elle reconnut la silhouette de Ben qui arrivait en renfort, un deuxième extincteur en main.

– Et Petite Orchidée ? Qu'est-ce qu'elle est devenue ? Elle est où ? s'essouffla Mélany.

– Ta mère l'a rattrapée. Maintenant, Mélany, tu sors, lui ordonna-t-il. Tu en as fait déjà beaucoup, je m'occupe du reste. Allez, ouste !... pendant que tu tiens encore debout.

Il la prit par le bras et la tira vers la porte encore lointaine.

5

L'association des balles de paille et de foin avec la structure en bois d'une grange est souvent fatale. Ceux qui combattaient le feu ce jour-là s'en rendirent vite compte.

Une fois Mélany expulsée du bâtiment, Ben resta à l'intérieur, rejoint par Matt armé d'un troisième extincteur. Le fils Scott s'était couvert le nez et la bouche d'un masque de fortune, un foulard mouillé qui lui permettait de mieux respirer dans la fumée qui envahissait désormais tout l'espace.

Même depuis la cour, Mélany sentait que la bataille était perdue d'avance. Des nuages brûlants et noirs s'échappaient dans l'air frais et clair du matin. Le feu crépitait et galopait de ballot en ballot pour s'élever jusqu'au toit de tôle. Lauren secouait la tête comme pour dire non. Elle se tourna vers Charlie :

– C'est pas vrai... Heureusement que les chevaux ne sont plus dedans. Toute la grange va partir en fumée ou quoi ?

– J'ai l'impression que oui ! répondit-il.

– Alors il faut sortir Ben et Matt de là, décida-t-elle.

– Allez, les gars, sortez ! Vaut mieux sauver votre peau que le bâtiment ! C'est un ordre de ta mère, Matt !

Lauren gardait la tête basse pour dissimuler ses larmes et le tremblement de ses lèvres. Charlie restait à une petite distance de la grange et continuait de hurler pour rappeler Ben et Matt, mais personne ne répondait. Pendant de longs moments terribles, tout le monde craignit que les émanations n'aient suffoqué ces soldats du feu improvisés. Mélany se résolut à repartir au front et courut vers la porte :

– Matt !... Ben !

Les deux silhouettes titubèrent enfin dans l'épais brouillard noir. Derrière, les flammes orange dévoraient les hauts tas de foin. Lorsqu'elles atteignaient le plafond, elles s'enroulaient sur elles-mêmes et redoublaient d'intensité dans un souffle infernal.

Ben émergea le premier, le visage rayé de traces de suie sur lesquelles coulait la sueur. Matt sortit ensuite dans un tourbillon d'escarbilles. Il arracha son foulard et l'utilisa pour s'essuyer les yeux, qui lui piquaient horriblement. Il laissa échapper quelques mots défaitistes tout en essayant de reprendre son souffle.

– Ça ne sert à rien ! C'est une vraie fournaise, là-dedans. On n'a aucune chance !

– Vous êtes sains et saufs ! C'est l'essentiel. Personne n'a été blessé, le réconforta Mélany en se jetant à son cou pour l'entraîner loin de l'entrée.

Elle jeta un coup d'œil circulaire à la cour pour compter les chevaux : Tornado, Sarabande, Fleur de Givre, le poulain, Petite Orchidée. Son regard s'arrêta ensuite sur sa mère, qui pleurait maintenant ouvertement tandis que Hadley tentait de la consoler. Charlie s'occupait des chevaux. Pliés en deux, les mains appuyées sur les genoux, Ben et Matt essayaient de retrouver leur respiration.

Il manquait toutefois quelqu'un au tableau et le regard de Mélany se reporta rapidement sur la grange en feu.

– Où est Brad ?

Hadley avait vaguement entendu la question et agita son pouce en direction de la pente où s'échelonnaient les chalets réservés aux hôtes du ranch. Ces derniers étaient sortis sur la colline, tirés du lit par l'agitation et comme hypnotisés par les flammes qui montaient de la cour. Parmi eux, Mélany distingua la haute silhouette aux cheveux bruns de Brad Martin.

Le compte y était, mais le danger était toujours là. Le feu risquait maintenant de s'étendre à la sellerie et, de là, à la maison des Scott.

Comprenant que le travail n'était pas terminé, Hadley prit les choses en main. Il ordonna à Matt, Ben et Charlie d'aller chercher des bâches, de les tremper dans l'abreuvoir et d'en recouvrir l'auvent de la sellerie. Pendant ce temps, quelques stagiaires avaient rejoint Lauren et Mélany. Deux par deux, ils fonçaient dans la grange pour récupérer ce qu'ils pouvaient : brouettes de grains, matériel... tout ce qui pouvait être sauvé du feu avant que celui-ci, trop fort, les oblige à abandonner. Les autres personnes restaient là, à regarder l'incendie, totalement désemparées. Hadley les rasséréna :

– On ne peut plus rien ! On a fait tout notre possible !

Les flammes étaient partout. Elles grondaient maintenant en s'échappant des portes pour venir se tortiller à l'air libre. Emportées par la fumée, les flammèches s'envolaient dans le ciel avant de s'éteindre. À l'intérieur, l'incendie faisait rage, s'attaquait déjà aux lourdes poutres. Le toit finit par s'écrouler dans un immense fracas et une explosion de millions d'escarbilles qui retombèrent à terre comme s'il pleuvait de l'or.

Le temps que les pompiers arrivent de San Luis, tout ce qui restait de la grange et de l'écurie du Ranch de la Pleine Lune était un squelette calciné de poutres recouvert d'un tas de cendres fumantes.

Mélany était effondrée. Elle s'était assise sur les marches menant chez elle et regardait les pompiers arroser les ruines de la grange. Hébétée, tremblante, elle ne parvenait même plus à capter ce que les gens lui disaient. Elle savait juste qu'elle n'irait pas au collège ce jour-là, qu'elle resterait à la maison et tenterait de se remettre du choc.

– Comment vont les chevaux ? demanda-t-elle à Matt pour la sixième fois au moins en une heure.

– Ils vont bien. Hadley les a ramenés dans le Pré du Renard. Il est en train de monter une clôture électrique pour les séparer du reste du troupeau le temps qu'ils se déchargent de leurs angoisses.

– Et le poulain de Fleur de Givre ?

– En pleine forme aussi. Juste un peu secoué, c'est

tout ! Comme nous tous, non ?

Il se laissa tomber sur les marches à côté de sa sœur et s'assit, les genoux serrés dans ses bras et repliés sous le menton. Dans le silence qui suivit, les pensées de Mélany allèrent à leur mère. Elle revoyait encore cette image trop vive d'une Lauren en pleurs, craquant à mesure qu'elle réalisait que l'incendie était trop violent pour qu'ils puissent l'arrêter. Elle avait fermé les yeux, baissé la tête, mais lorsqu'elle l'avait relevée, ses lèvres tremblaient et ses joues étaient inondées de larmes.

– Et maman, où elle est ?

– Près du ruisseau avec Brad, répondit Matt, l'air absent.

Mélany accusa le coup et se leva. À peine consciente de ses gestes, elle traversa la cour, passa le corral et se dirigea vers ce qu'il restait de la grange : un tas fumant.

Une odeur âcre planait encore. La brise matinale emportait de pâles petites cendres parcheminées qui se posaient sur ses cheveux et ses épaules.

Ignorant cet environnement pour se concentrer sur la mission qu'elle s'était fixée, retrouver sa mère et vérifier qu'elle allait bien, Mélany avança vers le petit pont de bois. Elle y aperçut sa mère en conversation avec leur hôte. Quelque chose l'arrêta avant de les rejoindre. Peut-être, l'isolement de leurs deux silhouettes dans ce paysage vide... ou peut-être l'intuition qu'ils n'avaient pas envie d'être dérangés. Quoi qu'il en soit, elle fit une pause parmi les saules et tendit l'oreille sans se faire remarquer. Appuyée à la rambarde, sa mère fixait l'eau claire.

–Je ne sais pas pourquoi, mais le sort s'acharne sur nous ! parvenait à peine à murmurer Lauren. Il fallait que ça nous arrive justement quand je sentais que le ranch marchait bien. Je pensais qu'on allait pouvoir se la couler douce quelque temps... Raté !

–Pas de chance !

–C'est plus que pas de chance, lâcha Lauren dans un petit rire qui sonnait faux.

–Oui, pardon ! C'est bien pire que ça.

–C'est le pire qui pouvait nous arriver !

Elle serra son poing et frappa du peu de force qui lui restait dans la rampe de bois pour essayer de se calmer, de ne pas craquer à nouveau. Brad s'approcha pour la prendre par les épaules et Lauren n'offrit aucune résistance.

–Faut voir les choses du bon côté : une fois tout ça terminé, l'assurance vous indemnisera pour reconstruire le tout. Vous aurez des bâtiments tout neufs au lieu de cette vieille grange qui prenait l'eau.

–Peut-être... soupira Lauren, mais j'aimais bien cette vieille grange qui fuyait de partout. Mon père avait surélevé le toit, il y a une soixantaine d'années au moins.

–Je suis vraiment désolé.

–On va avoir toutes ces histoires d'expertise sur le dos. L'assurance doit nous envoyer un expert qui évaluera les dommages et nous donnera le feu vert pour l'indemnisation. Il faut éliminer les autres éventualités...

–Comme ? interrompit Brad

–Comme le fait qu'on aurait pu allumer l'incendie

sciemment pour tout raser, lâcha Lauren dans un second rire jaune.

– Impossible ! Ce serait stupide !

– Nous, on le sait ! Mais l'assurance, non ! Ils voient tellement de cas d'incendies criminels et d'escroqueries à l'assurance. Je suppose que, pour eux, tous les propriétaires sont suspectés de remplir de fausses déclarations et de mettre le feu volontairement pour réclamer une indemnité et construire du neuf à la place du vieux.

– Mais, ici, ce n'est pas le cas ! insistait-il.

Il retourna Lauren par les épaules et la regarda les yeux dans les yeux. Elle fit non de la tête, le front douloureusement plissé.

– Je le sais, mais il va falloir leur prouver qu'ils ont tort. On verra bien.

À bout de nerfs, elle se pencha en arrière, ferma les yeux, puis laissa lentement glisser sa tête sur l'épaule de Brad.

Mélany retenait son souffle, veillant à rester invisible. Elle baissa le regard pour se concentrer sur l'eau qui clapotait à fleur de roche et s'enroulait autour des galets du Ruisseau d'Argent.

Je ne veux pas entendre ça ! D'ailleurs je ne suis pas là... Je fais vraiment un mauvais espion. C'est moi : Agent Triple Zéro !

– On va trouver une solution, chuchota Brad à l'oreille de Lauren.

Mélany tenta d'avaler la boule qui lui bloquait la gorge et se baissa un peu plus. Elle s'était encore mise dans un drôle de pétrin. Observer sa mère en cachette, quelle idée ! Impossible de sortir tel un diable de sa boîte maintenant. Ce serait trop humiliant. Non, elle était bien là, et devrait y rester jusqu'à la fin de la scène et entendre Brad promettre :

– Lauren, je ferai tout pour t'aider.

... suivi d'un soupir étouffé de la part de sa mère, et puis...

Silence !

La voix de Matt s'éleva dans le Pré du Renard :

– Honnêtement, Ben, je pose une simple question, c'est tout !

Le soir retombait progressivement sur la journée de l'incendie. Il avait fallu organiser les promenades comme si de rien n'était, contenter les clients et s'occuper des chevaux.

Comme autant de rappels insidieux du désastre, de fines volutes s'échappaient des restes noyés de la grange, l'odeur de bois brûlé persistait dans la sellerie, la maison et les bungalows.

La journée touchait à sa fin, Mélany était lessivée. Elle traînait lourdement les pieds sur le chemin du pré où elle ramenait Salsa et Cadillac. Ben détachait le licol d'Apache et, d'une claque sur la croupe, envoya la jument brouter plus loin. Buté, Matt ne le lâchait pas du regard sans même s'apercevoir que sa sœur venait d'arriver pour libérer, elle aussi, les travailleurs à quatre sabots qui méritaient bien leur herbe verte.

– C'est pas juste une question, et tu le sais très bien, répondit Ben du tac au tac.

– Tout ce que j'ai demandé c'est « où était Brad lorsque le feu s'est déclaré ? », mentit Matt.

– Et qu'est-ce que tu veux dire exactement par là ? fit le cow-boy en chef, intercédant pour son vieil ami.

– Rien de plus. Je pose une question ! Où était-il ? Pourquoi n'était-il pas là pour sortir sa jument des flammes ? Pourquoi n'était-il pas là pour nous aider ?

Mélany suivait de la tête la conversation, se tournant vers l'un, vers l'autre, comme si elle assistait à un match de tennis.

– Ça fait déjà trois « simples questions » ! ironisa Ben. T'en as d'autres comme ça ?

– Pourquoi ? Ça ne te suffit pas ? se radoucit Matt pour éviter que la discussion ne tourne au vinaigre. Écoute, Ben, tu connais ce type mieux que quiconque. Tu ne trouves pas qu'il se comporte un peu bizarrement ? Rien que la façon dont il s'est tenu à l'écart… au lieu de foncer pour nous aider à combattre le feu ?

– Je te rappelle qu'il a un bras en écharpe !

– Mais quand même… Je n'ai pas l'impression que son bras en écharpe et l'incendie le gênent beaucoup !

– Brad n'est pas du genre à laisser transparaître quoi que ce soit. Il a toujours été comme ça, il souffre en silence, expliqua Ben. Creuse un peu le personnage et tu verras. C'est pas pour ça qu'il n'est pas secoué comme nous tous.

Quoi ? Matt est en train d'insinuer que Brad a mis le

feu à la grange ?! Choquée, Mélany inspira un grand coup, si bruyamment que les deux hommes se retournèrent.

– Quoi ? Qu'est-ce qu'il y a ? l'exhorta son frère.

– Non, rien..., faiblit-elle.

Matt crut cependant bon d'insister, voulant à tout prix qu'elle prenne part au conflit pour conforter sa position. Mélany regardait son frère, puis Ben, puis son frère... Elle détourna enfin le regard vers la prairie et les chevaux qui broutaient, paisibles.

– Mélany, qu'est-ce que c'est que cette histoire ? demanda Matt d'une voix grave.

– Rien, je vous le jure, s'empressa d'assurer l'adolescente en levant les yeux au ciel.

– D'accord, je te crois, s'amadoua-t-il. Alors... Qu'est-ce que tu en penses ?

Un ciel d'un bleu très pâle. Une rangée de pins sombres contre une barrière blanche. Un enclos à l'autre bout du pré, où Sarabande, Tornado, Fleur de Givre et son poulain étaient toujours isolés des autres.

Et la championne de Brad Martin parmi eux, debout près du ruban électrique, la tête haute, l'encolure arquée, attentive à chaque mouvement sur les pentes de la Chaîne des Neiges que l'ombre du soir grignotait peu à peu.

– Je ne sais vraiment pas quoi en penser, cria Mélany.

Elle se retourna et courut jusqu'au ranch. Son crâne abritait une tempête de questions sans réponse, son cœur était oppressé par une tonne de doutes et de craintes.

6

En dépit des événements, la vie continuait. Avec les chevaux, pas de répit. Même si vous n'aviez qu'une envie, disparaître du paysage jusqu'à ce que les problèmes se résolvent tout seuls, il fallait travailler.

Jeudi matin, Mélany s'exerçait de nouveau aux *sliding stops* avec Petite Orchidée.

– Assieds-toi plus dans ta selle, lui conseilla Brad. Sinon, tu la gênes ; il faut qu'elle puisse vraiment projeter ses antérieurs vers l'avant.

Le bras toujours en écharpe, Brad était habillé d'un simple jean et de vieilles bottes ; il était loin de l'image du cow-boy tape-à-l'œil qu'il affichait en début de semaine.

Vingt fois sur le métier remettez votre ouvrage ! Mélany remit en avant Petite Orchidée et essaya, à nouveau, de l'arrêter correctement. Cette fois-ci, les fers de la jument glissèrent sur le sable pour s'immobiliser de manière spectaculaire.

– C'est mieux, grogna le champion.

Il se détourna dès qu'il aperçut Matt et Charlie traverser la passerelle pour rentrer Calamity Joe et Cadillac dans le corral. Matt jeta un regard hostile à un Brad qui le fuyait, puis il murmura quelque chose en direction de Charlie. Mélany remarqua son attitude et ne put que soupirer. Elle éloigna Petite Orchidée de la barrière et la remit au galop sur la piste. Elle n'avait qu'à se plonger à fond dans son travail avec la jument pour ne plus avoir à réfléchir à la querelle qui séparait les deux hommes.

Idem au collège. La nouvelle de l'incendie s'était répandue comme une traînée de poudre, Mélany était submergée de questions. Elle avait dû raconter l'histoire une bonne douzaine de fois.

– Qui était sur les lieux en premier ?

– Il y'a eu des blessés ?

– Ohlala... Les chevaux devaient être affolés !

Elle donna des détails à tous ses camarades, mais les sentit déçus que personne n'ait échoué à l'hôpital et que le seul problème restant soit les affaires d'expertise et d'assurance.

Elle aurait pu leur expliquer la thèse de son frère sur l'incendie volontaire, mais elle n'en fit rien. Elle préféra se concentrer sur l'action en minimisant son rôle et sans mentionner son malaise face aux rapports entre sa mère et Brad Martin. Seule Lisa était de son côté :

– Oh, Mélany, je suis vraiment désolée pour vous tous. On sent que ça t'a vraiment secouée cet accident.

– Oui, je suis complètement déboussolée. Mais le pire, c'est ma mère. Je ne l'avais jamais vu pleurer. Mais, hier... la journée d'hier l'a toute retournée.

– Ça ira mieux bientôt, chercha à la rassurer du mieux possible Lisa. Elle va se remettre, fais-moi confiance.

– J'espère, parvint à sourire Mélany en remerciement.

Elle fut tentée de lui avouer le problème plus grave qui la tourmentait, mais se retint. Que pouvait-elle dire ? Qu'elle avait peur que sa mère ne tombe amoureuse de ce type qui venait de mettre le feu à la grange ?! Non, impossible ! Elle devait garder ça pour elle et espérer que le reste passe.

On verra bien. Il suffit de continuer à faire ce qu'on peut...

Ce jour-là, après le collège, quelques piquets et du ruban électrique suffirent à Mélany pour arranger un enclos destiné à Fleur de Givre et son petit près du Ruisseau d'Argent. Elle regardait le poulain pendant qu'il enregistrait le changement avant de se remettre à téter goulûment.

– Vous restez là tous les deux, expliqua-t-elle, comme ça tu peux nourrir ton bébé dans le calme.

– Voyons les choses du bon côté, la saison des gelées nocturnes est passée, commenta Matt.

Il ramenait Tornado au corral et Mélany les suivait.

– Tu lui enlèves son pansement ?

– De toute façon, il va bientôt tomber tout seul vu comment il gratte du sabot et galope toute la journée. Ça n'a pas l'air de le retenir ; on dirait qu'il n'a plus mal. Je pense donc qu'on peut prendre le risque de laisser son pied à l'air libre.

Dans le corral, Mélany se plaça à la tête du poulain pendant que Matt s'occupait du pied. Elle regardait Petite Orchidée, attachée non loin.

– Oui, après c'est ton tour, je m'occuperai de toi. Et, ça va « spinner » ! sourit-elle.

Harnachée, sellée, Petite Orchidée s'ébrouait et grattait impatiemment le sol. *Pourquoi ce retard ? Au lieu de parler on ferait mieux de s'y mettre.*

– Ça m'a l'air beau, diagnostiquait Matt tout en déroulant le pansement autour du pied. Plus d'engorgement, le dessous du sabot est bien net et propre.

Ils regardèrent le palomino reposer avec précaution le pied par terre. Mettre du poids dessus ne semblait pas le gêner et, très rapidement, il se mit à déambuler en les ignorant tout à fait pendant que Matt émettait son verdict :

– Parfait !

Juste à cet instant, leur mère se pencha dans l'encadrement de la porte de la sellerie et leur fit signe de la rejoindre.

– Ça ne peut pas attendre ? ronchonna Mélany. Il faut que je travaille Petite Orchidée avant le dîner.

– Est-ce que Brad est arrivé ? demanda Lauren en regardant à droite et à gauche. Non ! OK, vous deux, venez voir ! Ça prendra deux secondes.

Mélany emboîta le pas à Matt, passa sous l'auvent et traversa la sellerie pour gagner le petit bureau qui se trouvait à l'arrière.

– Je viens d'avoir un appel des assureurs, leur annonça calmement leur mère. Je pense qu'il faut que vous le sachiez. L'expert arrivera de Denver demain, vendredi.

– Qu'est-ce qu'il va faire exactement ? demanda Mélany face à cet événement tant attendu.

– Elle... corrigea Lauren, c'est UNE expert. Elle s'appelle Deborah Chenay. Elle va rechercher les causes de l'incendie et évaluer les dommages.

– Mais comment va-t-elle trouver le moindre indice ? Tout est en cendres. Il ne reste que quelques montants debout, un tas de bois calciné et de la tôle ondulée éparpillée là où, avant, il y avait une grange.

– Ils ont des techniques spéciales, je suppose.

– Essaie de réfléchir, intervint Matt. Lorsque quelqu'un veut mettre le feu délibérément, que fait-il ? Il répand du kérosène, par exemple... Cette madame Chenay va prendre des échantillons et les fera analyser pour voir s'ils contiennent les traces d'un produit quelconque.

– ... Qu'aucun laboratoire ne pourra trouver puisque personne n'a répandu de produit inflammable ! rétorqua aussi sèchement que possible sa mère.

– S'ils en trouvent, on est foutu, grimaça Matt. Ça voudrait dire : incendie criminel et escroquerie à l'assurance, donc convocation chez les policiers, enquête criminelle, procès...

– Oh, Matt, arrête, supplia sa mère. Pourquoi envisager toujours le pire ?

– Que veux-tu que je fasse d'autre ?

Mélany sentait sa mère inquiète. De l'autre côté, l'angoisse de Matt se transformait en une irritabilité croissante.

– Comment un feu prend-il dans une grange si ce n'est pas de manière délibérée ? Vas-y, explique-moi !

– Par accident, balbutia Lauren.

Elle secoua la tête et détourna le regard pour se replonger dans de la paperasserie.

– Par accident ? s'étrangla le garçon.

– Eh, du calme, Matt, murmura sa sœur.

– Non, j'ai réfléchi à tout ça. Et je veux que vous m'écoutiez.

– Matt ! siffla Mélany.

Mais Lauren s'était déjà retournée et soutenait son regard.

– OK, vas-y !

– Alors… Oubliez le « par accident » ! Pensez « incendie criminel » et placez Brad Martin, le pyromane, au centre du tableau…

– Non, vociféra Lauren, les yeux furibonds.

– Si… Réfléchis un peu. Ce mec a des problèmes d'argent et un cheval qui coûte au bas mot 10 000 dollars. Que se passe-t-il lorsqu'il se rend compte que Petite Orchidée lui rapportera plus morte que vive ?

– Mais, tu délires… s'étouffa la mère de Matt.

– Écoute-moi ! Dix mille dollars, c'est ce que l'assurance lui remboursera si la jument meurt. Plus de problèmes !

– Ça ne tient pas debout ton histoire, souligna Mélany. Brad pourrait remporter dix fois plus d'argent s'il gagnait les championnats le mois prochain. Notre champion régional vise la première place à Gladstone, devant le lauréat de l'an dernier.

– C'est loin ça, Gladstone. Et la concurrence sera rude. Il le sait. N'oublie pas qu'en plus il est sur la touche à cause de son bras. Ce qu'il constate depuis lundi c'est que la première place va lui glisser entre les doigts à la vitesse grand V. Evans le harcèle et menace de l'expulser du ranch du Double L. Bref, Brad Martin est coincé, acculé et il faut bien qu'il trouve un moyen de s'en sortir !

– Je ne crois pas un mot de ta théorie, murmura une Lauren plus pâle et tendue que jamais.

– Je ne t'ai pas tout dit encore, ajouta Matt avec un regard vers sa sœur. Non seulement il toucherait un pactole de 10 000 dollars si Petite Orchidée mourrait dans l'incendie de la grange, mais il se vengerait aussi du conflit qui nous oppose.

– Conflit ?! Quel conflit ? s'étonna sa mère décontenancée.

– Écoute, maman, il faut que je t'avoue… Je me suis battu avec Brad.

– Quoi ?! Mais… quand ?!

– Hier matin. À propos d'argent. Je lui ai dit qu'on ne pouvait pas lui payer la semaine entière de stage. Il a contesté et on a tous les deux perdu notre sang-froid.

– Qu'est-ce que tu veux dire ? Pourquoi ne m'en a-t-on rien dit ? accusait Lauren par ses questions. Mélany tu savais quelque chose ?

– Oui, j'étais là, confessa l'adolescente.

– Nom d'un chien ! Comment se fait-il que je sois la dernière à être mise au parfum ?!

– Maman… là n'est pas la question ! Brad m'en voulait. Il hurlait et me disait que j'allais regretter ce que je lui faisais.

– Est-ce qu'il dit la vérité, Mélany ?

– Oui, confessa à voix basse cette dernière.

– Il a dit que je regretterais de vouloir le rouler. Une heure plus tard, la grange était en feu.

Mélany sentait son sang battre dans les tempes tant son cerveau était sous pression. Lauren ouvrait des yeux de plus en plus grands. Elle se retourna pour affronter son fils.

– C'est n'importe quoi, Matt ! Ton problème, c'est que tu es jaloux de Brad ! Et ça te suffit pour inventer cette histoire ridicule. Tu ne le supportes pas.

– Ouais, c'est ça… pouffa l'accusé.

– C'est exactement ça, oui ! Simplement parce que Brad a un côté très flatteur, tu as décidé qu'il agissait ainsi pour des raisons inadmissibles. D'accord avec toi, ses compliments à deux sous tombent souvent à plat. Tu crois que je ne m'en rends pas compte ? Mais j'aime bien cet homme, de toute façon, et rien ne m'oblige à me justifier face à toi.

La voix de Lauren retomba dans un murmure fluet alors qu'elle était sur le point de craquer à nouveau.

Pendant le silence qui suivit, Matt luttait contre ses émotions. Il en revenait toujours à la même question :

– Où était Brad quand le feu a pris ?

– Maman, ne me mêle pas à tout ça, supplia Mélany lorsque sa mère se retourna désespérée vers elle.

Après avoir entendu ses arguments et ceux de son

frère, elle était tiraillée entre les deux camps. Elle décida alors de sortir de la sellerie et s'arrêta pour regarder Petite Orchidée, attachée à la barrière. Elle se souvenait de la peur visible dans ses grands yeux lorsque les flammes montaient – des yeux affolés, deux boules de terreur. *Non, Brad ne ferait jamais ça !*

Derrière elle, elle entendit sa mère s'effondrer en larmes et rejeter Matt, tout penaud, qui tentait de la consoler.

– Va-t-en ! cria Lauren en le repoussant.

Elle mit son fils à la porte du bureau et claqua celle-ci bruyamment. Il traversa la sellerie, furieux, sans prêter attention à Mélany. Puis, sans dire un mot, il se dirigea vers le corral.

Brad ne ferait pas de mal à Petite Orchidée. Aucune personne saine d'esprit n'incendierait une grange pour mettre ainsi à mort une championne de *reining* et quatre autres magnifiques chevaux.

– Je sais ce que dit la rumeur ! avertit Brad.

Il annonça cela à Mélany comme ça, sans explication, alors qu'ils venaient de finir de travailler avec Petite Orchidée sur des demi-tours. Tout était calme dans le corral. Derrière eux, les restes en cendre de la grange formaient un triste souvenir dans le crépuscule naissant. Mélany fit l'innocente tandis qu'elle essuyait la sueur des épaules et du dos de la jument.

– ... mais, c'est faux, reprit-il de but en blanc.

– Je… Je ne sais pas…

– Bien sûr que tu sais. Tu sais qu'on me désigne du doigt comme l'incendiaire. Et tu penses probablement qu'ils ont raison. Mais, moi, je te le dis, Mélany : c'est archifaux, je n'ai jamais mis le feu à cette grange.

Mélany attrapa une étrille et commença à panser Petite Orchidée avec de longs coups de brosse déterminés, sans ouvrir la bouche.

Petite Orchidée tourna la tête vers son propriétaire, souffla comme un gros soupir à travers ses beaux naseaux tout en fouaillant de la queue. Mélany essayait de la calmer et fit abstraction des propos de Brad. Elle avait l'impression qu'on l'écartelait sur une roue.

– Doucement, ma fille !

– J'ai compris… Vas-y, tu peux croire ton frère ! lança Brad, déçu.

Il se retourna pour s'en aller et la jument hennit après lui. Mélany l'observa s'éloigner, les épaules voûtées. Brad secouait désespérément la tête : la conversation avait tourné à ses dépens avant même qu'il puisse exposer ses arguments.

– Brad ?! appela Mélany.

Il se figea, tenant son épaule douloureuse de sa main valide, le visage dans l'ombre de son grand Stetson. Mélany détacha Petite Orchidée et traversa le corral avec elle pour rattraper le cow-boy. Les sabots de la jument faisaient un bruit sourd et paisible en se posant au sol, sa queue oscillait pendant qu'elle rejoignait, impatiente, son propriétaire.

Elles arrivèrent à sa hauteur à l'autre extrémité du

corral, là où se trouvait autrefois la grange. L'odeur de brûlé emplit les narines de Mélany et les naseaux de Petite Orchidée. L'adolescente fixait Brad et tentait de lire ses pensées par-delà son expression réservée. Comment savoir si une personne est sincère ? Comment débrouiller les mensonges de la vérité ?

– La situation est équivoque, admit-il sans sortir de sa réserve. Et, si tu veux savoir, je n'en veux même pas à Matt de penser ce qu'il pense. Ma façon d'être et d'agir ne passe pas auprès de certaines personnes. Ça leur met les nerfs à vif. Mais, vu mon âge, je crois que maintenant ça va m'être difficile de changer d'attitude.

Mélany ne voulait pas le contredire ni minimiser le problème. Elle comprit tout de suite que Brad voulait lui parler en toute sincérité. Elle hocha la tête. Elle comprenait très bien ce qu'il voulait dire. Chacun de nous finit toujours par renvoyer une image de son caractère dont il n'est pas vraiment maître et cette image nous revient parfois en pleine figure. Brad en faisait les frais en ce moment.

– Et pour être franc, Mélany, je suis effectivement venu au Ranch de la Pleine Lune avec, plus ou moins, l'idée que je pourrais charmer ta mère et être logé aux frais de la princesse dans un endroit sympathique et confortable. C'était avant que je ne la connaisse vraiment, ajouta aussitôt Brad devant les sourcils froncés de Mélany. Je pensais que j'avais une chance de pouvoir m'échapper de la situation problématique du Double L et me trouver un petit coin pénard, comme ici, pour entraîner Petite Orchidée. En échange, j'aurais donné quelques cours particuliers de *reining*. Je ne vois pas où est le mal ?

– Y'a pas de mal à ça, marmonna Mélany. C'est vrai. Mais tu n'avais pas besoin d'user de tes charmes sur ma mère. Un contrat en bonne forme aurait suffit.

– Je sais. Et ta mère est une femme très bien, s'excusa Brad dans un rire réprobateur.

– Et, en plus, elle t'apprécie, se renfrogna Mélany.

– Je sais ça aussi et, du coup, ça sabote ma stupide idée de la séduire… Enfin, je veux dire… je n'avais absolument pas prévu de… d'avoir de vrais sentiments envers elle, concéda-t-il, le regard gêné, tourné vers les restes de la grange. Et... je me suis pris à mon propre piège, bien avant l'incendie...

– Et mis dans un sacré pétrin !

– Mais, qu'est-ce que je peux y faire maintenant ? Je n'ai plus qu'à plier mes bagages et à dégager d'ici, je suppose.

– Pour te mettre un délit de fuite sur le dos ? Super !

– Alors, quoi ? Je reste là, à attendre que l'assureur débarque pour flanquer tout ça sur mon compte ? Ma décision est sans appel parce que l'assurance va forcément essayer de me coincer dès que Matt aura raconté son interprétation des événements.

– Il leur faut des preuves pour nous accuser d'incendie criminel ! souligna Mélany. Si tu me dit la vérité, ils n'en trouveront pas.

– C'est vrai. Enfin une bonne nouvelle !

– Alors, reste ! Et attends le rapport de l'expert sur l'accident. Tu n'as rien à perdre, au contraire.

Le regard de Brad vacilla un instant, puis se stabilisa de nouveau. Mélany était désormais à ses côtés et ressentait une culpabilité gênante en réfléchissant à ce qu'elle dirait à Matt la prochaine fois qu'elle le croiserait. Elle n'avait toutefois pas réussi à convaincre le champion.

– Si je m'en vais, est-ce que ça prouve ma culpabilité ? Non, insista-t-il. Si je reste, ton frère va me harceler encore plus ! Il empoisonne les idées de tout le monde, y compris de votre mère. Jolie perspective !

– Reste, dit Mélany d'une voix ferme mais posée. C'est sûr qu'il faut avoir du cran pour rester, mais si tu files à l'anglaise maintenant, tout le monde aura vite fait de te coller une image de frimeur sans cœur qui a voulu brûler vive sa jument !

Elle appuyait là où ça faisait mal, mais elle n'avait pas d'autre défi à lui offrir. Il devait le relever en restant au ranch !

7

– Un incendie peut démarrer pour des tas de raisons, expliquait Deborah Chenay à Lisa et Mélany.

En ce vendredi après-midi, les deux filles étaient rentrées du collège ensemble car Lisa prévoyait de passer le week-end au Camping de l'Orme, chez son grand-père. Elle était toutefois descendue à l'arrêt de car du ranch, avec Mélany, pour voir l'évolution de l'affaire de l'incendie. Elles se demandaient toutes deux où en était l'expert de la compagnie d'assurance dans son enquête.

Deborah Chenay était une jeune femme mince, la trentaine, habillée de manière pratique en jean et veste polaire légère. Ses cheveux auburn étaient coupés court, mais cette coupe masculine était adoucie par ses traits fins, son visage bronzé et une utilisation plutôt abusive du mascara.

– Lorsque j'examine un site, je ne m'implique jamais personnellement, continuait-elle en réponse aux questions empressées de Lisa. Mon rôle est purement scientifique. Je suis une sorte de « médecin légiste » des incendies ; je recherche les indices qui seront envoyés pour analyse au laboratoire.

Pendant que l'expert parlait, Lauren se tenait à l'écart. Mélany et Lisa, au contraire, l'aidaient à dérouler le ruban de balisage qui délimiterait le site incendié et le périmètre de sécurité.

– Ça revient vraiment à chercher une aiguille dans une botte de foin ! voulut blaguer Lisa.

– Sauf qu'il ne reste plus rien de la botte de foin, répliqua Mélany.

Deborah Chenay commença à marquer la zone délimitée en petites sections, marchant avec précaution entre les poutres carbonisées pour éviter le plus possible de les déplacer. Ces gros bottillons lacés faisaient craquer les braises, soulevaient les cendres. Portées par le vent, celles-ci s'envolaient vers le corral et la maison.

Lisa tenait l'extrémité du rubalise, aux repères blanc et orange régulièrement échelonnés. Ce ruban de balisage servirait bientôt à diviser le sol de la grange en diagonale.

– Vous dites « un tas de raisons », mais vous pouvez m'en citer quelques-unes ? insista Lisa.

– Bien sûr. Par exemple, le soleil peut se réfléchir sur un bout de verre cassé. Le verre agit alors comme une lentille et renforce la chaleur des rayons solaires au point de consumer l'herbe, la paille ou le foin, jusqu'à ce qu'ils prennent carrément feu.

– Donc, vous pourriez rechercher des tessons de bouteille dans les décombres ? Et quoi d'autre ?

– Si c'est une grange où les chevaux vont et viennent, leurs fers projettent parfois des étincelles lorsqu'ils marchent sur du fer, un boulon de porte ou quelque chose comme ça. Si les balles de paille sont très sèches, elles peuvent prendre feu.

– Dans ce cas, alors, on ne retrouve jamais de preuves, fit remarquer Lisa.

– Exact, confirma l'expert. C'est souvent ce qui se passe. Fort possible qu'on ne découvre jamais la véritable cause, même en examinant les lieux à fond.

Mélany s'arrêta un instant de participer à la délimitation de la zone pour regarder sa mère à la dérobée. Lauren observait la scène d'un regard tendu. Depuis le début de la matinée, elle était sur les charbons ardents en attendant la représentante de son assurance. Maintenant, elle restait là, debout, à observer et à espérer, sachant très bien que l'avenir du Ranch de la Pleine Lune dépendrait du verdict de Deborah Chenay.

– Que se passe-t-il alors, si on ne connaît pas la cause du feu ? poursuivit Lisa.

– Je remplis un rapport indiquant « cause inconnue » et les assureurs doivent admettre qu'il s'agit d'un accident et indemniser le propriétaire pour qu'il reconstruise.

Satisfaite des préparatifs, Deborah Chenay sortit de la zone balisée et commença à photographier les décombres.

Pendant la demi-heure qu'elle consacra aux photos, deux groupes rentrèrent de leur promenade quotidienne et s'installèrent dans le corral.

Ben arriva le premier, monté sur Princesse Luna, cette jument étonnamment blanche qui aimait se pavaner devant les bais et les alezans, plus communs. Outre sa robe d'un blanc soyeux, son pas de danseuse et son noble port de tête la distinguaient de tous.

Derrière elle, les chevaux de débutants paraissaient lourdauds et bien mornes. Ils s'étiraient en une longue file indienne sur les bords du Ruisseau d'Argent. Avant d'atteindre le corral, Ben fit faire demi-tour à Princesse Luna pour aller encourager les traînards fatigués. Pendant ce temps, le groupe de Charlie se dirigeait au travers des pins depuis la Piste des Coyotes. Les deux balades convergeaient vers la grange brûlée.

– Elle a trouvé quelque chose ? interrogea Ben, montrant l'expert d'un geste de la tête.

– Non, rien, le rassura Lauren qui arpentait le corral. Pas de nouvelle, bonne nouvelle ! Je suppose.

L'expert en avait fini avec les photos. Elle s'avança vers l'endroit que Mélany avait indiqué comme étant le départ du feu.

– Ici ? demandait-elle. Là où devait se trouver autrefois l'allée centrale de la grange ?

– Plus sur votre gauche, gesticula Mélany du bord de la zone. Voilà, vous y êtes je pense.

Elle avait du mal à estimer l'endroit exact où se dressait le box de Petite Orchidée. Deborah Chenay acquiesça en remerciant et s'accroupit au milieu des débris de bois calcinés. Elle étudiait les lieux de près, sans toucher à rien. Lisa secouait la tête devant une telle méthodologie.

– On se demanderait par où commencer ? dit-elle, admirative.

Mélany se contenta d'opiner sans répondre. Ses nerfs commençaient à prendre le dessus ; tout dépendait de ces quelques instants à venir. Cela faisait à peine une semaine que sa mère lui avait confié ses sentiments à propos du ranch : la vie était presque parfaite, ils étaient sans doute les gens les plus chanceux au monde pour avoir le droit d'habiter un endroit aussi idyllique et d'y vivre comme ils l'entendaient.

Une semaine s'était écoulée et tellement de choses s'étaient retournées contre eux. Le futur était désormais marqué d'un grand point d'interrogation.

Dans le fond, les deux cow-boys et leurs randonneurs épuisés descendaient de cheval et dessellaient. Le regard de Mélany s'arrêta sur Matt, qui émergeait de la sellerie pour s'affairer dans le corral. Hadley était là, lui aussi, et menait les chevaux à l'abreuvoir. Aucun signe, en revanche, de Brad Martin.

Entre-temps, Deborah Chenay avait commencé à inspecter doucement les cendres. Chaque fois qu'elle soulevait un bout de bois noirci par le feu, ce simple mouvement déplaçait d'autres poutres et leur fragile empilement s'effondrait dans un bruit sec.

– Tu es sûre que le feu est parti d'ici ? s'étonna-t-elle.

– Oui, parce que j'ai vu les flammes monter derrière Petite Orchidée. Je crois qu'il a dû prendre à l'arrière de la grange, dans le coin là-bas, sous ce tas de tôles, précisa Mélany.

Elle désignait un enchevêtrement de matériaux qui avaient constitué la toiture et s'étaient effondrés lorsque les poutres avaient cédé sous l'emprise du feu.

– Vous voulez que je vienne vous aider ? suggéra l'adolescente.

– Non, toi, tu restes derrière le balisage !

Deborah Chenay enjamba avec précaution les tôles et commença à tirer l'une d'elle par un angle. Sans se soucier de l'attroupement qui avait dérivé du corral jusqu'au bord de la zone balisée, elle poursuivait son travail, attentive à l'examen de chaque centimètre du sol à l'endroit désigné par Mélany.

– Pour le moment, tout va bien, murmura Lisa à l'oreille de son amie.

Elle croyait dur comme fer au bon vieux principe « pas de nouvelle, bonne nouvelle ».

Les deux adolescentes regardaient l'expert retirer des tôles de deux mètres de long sur un mètre de large pour accéder progressivement à ce qui se trouvait dessous.

Après dix minutes, elle avait dégagé la toiture et sortirait, une fois de plus, son appareil photo de sa poche pour prendre des gros plans du sol noirci.

En voyant la jeune femme arriver au cœur du problème, son « public » fut parcouru comme par un courant électrique. Tout le monde se calma ensuite pour fixer son attention sur le flash. Et, lorsqu'elle s'arrêta enfin de prendre des clichés pour s'accroupir et planter un petit drapeau de repérage, tous les curieux réunis semblèrent retenir leur souffle.

Mélany, elle aussi, regardait Deborah. Celle-ci se pencha et fouilla en même temps la poche de sa veste pour en sortir un petit sachet plastifié et une paire de petites pinces. Le sachet devait servir de toute évidence à contenir hermétiquement des échantillons pour le labo.

La représentante de l'assurance inclina la tête sur le

côté pour percer du regard le dessous d'une grosse charnière métallique encore appuyée contre une planche carbonisée. Il y avait là un espace de quelques centimètres dans lequel elle plongea la pince. Elle attrapa un petit objet blanc qu'elle retira des décombres pour le lâcher prestement dans le sachet. Satisfaite de son travail, elle se releva enfin devant une foule prise d'un long murmure.

– Qu'est-ce qu'elle a trouvé ?

– Vous avez vu ce qu'elle a attrapé ?

– Chut... Elle va parler à Lauren. Écoutez, bon sang !

– Oh, non ! J'espère que ça n'annonce rien de mauvais, lâcha Lisa, le souffle court, en attirant Mélany vers sa mère et Deborah.

– Madame Scott, j'ai trouvé quelque chose qui pourrait avoir un lien avec l'incendie, expliquait presque à regret l'enquêtrice. En tout cas, quelque chose d'assez important pour que je l'envoie au labo.

– Est-ce que ça veut dire que ce n'était pas un accident ? s'inquiéta Lauren.

– Pas forcément. Ça pourrait être juste de la négligence, mais j'ai bien peur que cela soulève quelques soupçons sur l'éventualité d'une préméditation, tenta de rassurer Deborah Chenay au milieu du bourdonnement de nouvelles rumeurs. Je dois vous avertir que ma compagnie d'assurance demandera probablement à la police d'enquêter sur ce point. Je pense qu'il faut vous y attendre. Cette pièce va, en tout cas, retarder pour le moins notre décision.

– Et, pour le plus et le pire, je dois m'attendre à quoi ?

demanda calmement Lauren.

Deborah Chenay marqua un temps, mal à l'aise d'avoir à jouer les oiseaux de mauvais augure.

– Le pire qui puisse vraiment arriver serait que les policiers déclenchent des poursuites pour incendie volontaire et escroquerie à l'assurance.

– Contre moi ? s'étonna Lauren d'une voix plus affaiblie que jamais.

Deborah fit une nouvelle petite pause avant de montrer le sachet dans lequel on voyait nettement l'objet retiré des cendres. Elle annonça ensuite clairement l'issue possible :

– Si l'on doit arrêter quelqu'un, ce sera plus probablement la personne qui fume ce genre de cigarettes, conclut-elle.

Lauren passa plusieurs heures toute seule, à réfléchir à cet indice. Elle alla ensuite retrouver ses deux enfants dans le Pré du Renard. Ils longeaient ensemble le fond de la prairie.

– Tu vas me dire que tu m'avais prévenue, reconnut-elle.

– Crois-moi, maman, je donnerais n'importe quoi pour qu'on me démontre que j'avais tort.

Loin de s'enorgueillir du résultat de la visite de l'assurance, Matt avait l'air maussade et sincèrement désolé.

Lauren poussa un soupir. Elle s'arrêta pour contempler les chevaux qui paissaient au milieu des ombres allongées du soir. Derrière eux, les montagnes pointaient vers un horizon doré.

– Il faut que je me fasse une raison, admit-elle encore. Premièrement, Brad est le seul à fumer dans le ranch. Deuxièmement, il faut tenir compte de ce que tu m'as dit à propos de sa rancune suite à votre bagarre. Les faits sont là : si on met tout ça ensemble, il faut bien avouer qu'il est le suspect numéro un.

– Et pourquoi le suspect ne serait-il pas l'un des stagiaires ? s'interrogea Mélany à voix haute pour redonner espoir à sa mère.

– Parce qu'aucun d'eux ne fume cette marque de cigarette. J'ai déjà vérifié.

– Alors, ça pourrait être une simple coïncidence, tenta à nouveau l'adolescente. Admettons que Brad plonge la main dans sa poche pour prendre quelque chose au moment où il nourrit Petite Orchidée et qu'il en tombe par erreur une cigarette.

– Tu as vu le mégot ? intervint Matt. Il était à moitié fumé, mais il n'était pas écrasé comme si quelqu'un l'avait éteint. Donc, il a été jeté au sol allumé... Dans la grange... au beau milieu de la paille !

– D'accord, frérot ! Mais, alors, explique-moi pourquoi il n'a pas été réduit en cendres comme le reste !

Matt haussa les épaules, puis tendit la main par-delà la barrière blanche pour caresser le nez de Cadillac. Le grand hongre à l'allure aristocratique l'avait rejoint pendant qu'ils marchaient.

– Je suppose que ce mégot a échappé aux flammes

parce qu'il était sous quelque chose qui n'a pas complètement brûlé. C'est un coup de chance pour l'assurance.

– Et un désastre pour nous, soupira Lauren.

– Je me demande bien pourquoi tu es prise d'une soudaine envie de défendre à tout prix ce Martin.

– Martin, il a un prénom. Il s'appelle Brad. Et je ne le défends pas. J'essaie simplement d'être objective.

– Objective, tu parles ! contesta Matt, en jetant un regard noir à sa sœur.

– Oh, ça suffit tous les deux, s'exaspéra leur mère en tournant le dos pour repartir vers la maison. Je n'ai pas besoin, par-dessus le marché, que vous vous disputiez.

– Pardon, s'excusa Matt après l'avoir rejointe. On ne se disputera plus. On voudrait juste aider.

– C'est bon, Matt !

– Qu'est-ce qu'on peut faire pour t'aider ? se préoccupa-t-il encore, après un regard rapide vers sa sœur.

– Rien ! Personne ne peut rien faire. Il faut juste attendre que la police débarque. Probablement demain. Ils poseront des questions. Nous répondrons en toute sincérité. Que peut-on faire d'autre ?

Elle avait conclu d'une voix éteinte, épuisée, avant de reprendre sa lente marche vers la maison.

– Je prends de l'avance, comme ça je nous ferai un bon chocolat chaud. Pas la peine de te presser pour rentrer.

Tout ! Matt faisait tout pour essayer de plaire à sa mère. Mélany le laissa à sa tentative. Elle savait bien qu'il faudrait plus qu'un goûter sympa pour ramener sa mère de son désespoir actuel, celui qui vous frappe quand quelqu'un que vous aimez vous laisse tomber. Brad s'était révélé différent de ce que Lauren avait espéré. Il s'était montré médiocre, cruel, sans cœur.

Mélany regarda son frère et sa mère s'éloigner. Elle les suivit à la traîne, préférant trouver un réconfort auprès des chevaux tout proches. Quelques minutes passées à leur côté l'apaiseraient peut-être avant qu'elle ne se retrouve face au visage désolé de sa mère.

Elle était loin de penser qu'elle tomberait sur Brad Martin. Il était en train de s'occuper de Petite Orchidée dans l'enclos arrangé à la va-vite avec des clôtures électriques, près du corral. Se demandant si Lauren et Matt l'avaient également aperçu, Mélany s'apprêtait à passer au large.

– Hé, appela-t-il d'un ton bravache. Comment se fait-il que Petite Orchidée n'ait pas eu son entraînement ce soir ?

Mélany n'en croyait pas ses oreilles. Elle fronça les sourcils, hésita un moment, puis décida d'exprimer le fond de sa pensée. Impossible qu'il ne soit pas au courant pour la visite de l'expert.

– Tu plaisantes, là, j'espère ? Tu ne penses pas sérieusement qu'il faudrait continuer comme si de rien n'était ?

– Qu'est-ce qu'il te prend ? Qu'est-ce que j'ai dit encore ?! Je parle sérieusement : pourquoi est-ce que tout le monde m'évite ? Je viens de commettre un crime méritant la haute pendaison… sans même le savoir ?

– La cigarette ! s'exclama-t-elle.

Il avait traversé l'enclos, enfourché la clôture du corral, puis sauté à côté d'elle. Mélany découvrait à son visage qu'il entendait pour la première fois parler de cette histoire de cigarette. Après tout, Petite Orchidée et lui n'étaient dans aucun des groupes revenus de promenade pendant que Deborah Chenay faisait son travail. Mélany dévoila donc l'affaire à Brad. Elle ne put que constater le changement sur son visage. Ses beaux traits se firent à la fois soucieux et amers. Il eut un geste de la main vers la poche arrière de son jean, qui contenait le paquet de cigarettes, puis se ravisa.

– Je suppose que ça prouve ma culpabilité, marmonna-t-il. Ton frère avait raison depuis le début. Je suis un bon à rien, juste un sale fainéant. Je te l'avais dit non, qu'ils me mettraient tout ça sur le dos ?

– Oui. Mais, tu m'avais toujours dit aussi qu'il ne pouvait pas y avoir de preuve d'escroquerie puisque ce n'en était pas une. Et que trouve l'expert ?

Mélany baissa d'abord les yeux, puis les releva rapidement, implorant Brad d'un regard appuyé de ses grands yeux gris pour qu'il lui donne une explication.

– Écoute, peut-être que j'ai fumé une cigarette dans la grange. Mais je suis hyperprudent. J'écrase toujours les mégots du talon et je les recouvre de terre.

– Les autres oui, mais pas celui-là. Et, tu étais où pour te défendre cet après-midi ? Tu n'es jamais là dans les moments importants.

– J'étais à cheval.

– Ah, oui ?! Avec le bras en écharpe ?

– J'avais besoin de réfléchir. De toute façon, ça ne fait aucune différence. Vous vous êtes tous fait votre opinion depuis longtemps à mon sujet.

– Non, pas moi. Ni ma mère.

Mélany lui rappela qu'à peine la veille, elle lui avait suggéré de se montrer sous un meilleur jour pour prouver que les autres avaient tort. Brad serra les dents et marmonna dans sa barbe.

– Et maintenant ? Est-ce que j'ai toujours une chance de convaincre Lauren de mon innocence ?

– Je ne peux pas répondre à sa place. À toi de lui poser la question !

– La réponse est non, c'est ça ?

Brad regardait Mélany dans les yeux. L'adolescente rougit, puis lui tourna le dos.

– C'est bien ce que je disais : quelle différence ça ferait !

Abandonnant tout espoir, Brad porta la main une seconde fois à sa poche et en tira cette fois-ci le paquet. Il s'aperçut, dégoûté, qu'il était apparemment vide et, de dépit, le jeta par terre.

– Ouais, coupable ! Déclaré coupable sans le moindre procès dans ce grand pays démocratique que sont les États-Unis. Vive l'Amérique !

Pendant qu'il s'en allait sans but précis, Mélany se pencha pour ramasser le paquet. La tête lui tournait ; elle ne savait plus que penser, ni que faire maintenant. Au moment où elle allait le mettre dans sa poche, elle entendit quelque chose bouger à l'intérieur. La curiosité l'incita à l'ouvrir et à en vider le contenu.

Deux cigarettes à bout filtré tombèrent dans la paume de sa main ; toutes deux n'étaient qu'à moitié consumées. Elle les fixa, complètement hébétée. Brad avait apparemment l'habitude de ne fumer chaque cigarette qu'à moitié. Peut-être l'oubliait-il dans le cendrier où il la retrouvait ensuite éteinte. Dans ce cas-là, autant remettre le mégot dans le paquet pour finir de le fumer plus tard.

Mélany leva les yeux. Le nom de Brad se forma sur ses lèvres pour l'appeler. Mais elle eut soudain une autre idée et se retint. Ellc mit cette nouvelle preuve dans sa poche et se dirigea vers la passerelle qui menait aux bâtiments, sur le lieu de l'incendie. Elle ne quittait pas des yeux les lumières qui s'étaient allumées chez elle ou scintillaient depuis les chalets des hôtes, sur la colline.

Est-ce que j'ai vraiment le droit de faire ça ? Qu'est-ce que je cherche à prouver ?

Ne trouvant pas de réponse à ses propres questions, elle décida de poursuivre son idée. Cela impliquait de passer dans le périmètre de sécurité et de marcher, avec précaution, sur les restes de la grange. D'aller à l'autre bout de celle-ci, dans l'angle où elle pensait que le feu avait pris. Elle n'aurait plus ensuite qu'à localiser l'endroit exact où Deborah Chenay avait ramassé le mégot. Difficile dans la pénombre du soir. Elle trouva cependant le petit fanion orange qui marquait cet emplacement.

Quelles avaient été les paroles de Brad ? Il écrasait toujours ces mégots dans le sol et amoncelait de la terre par-dessus. Scruter de près toute la zone, elle ne pouvait rien faire de mieux. Il devait y avoir, quelque part, un petit tas de terre, et dessous un mégot – exactement comme il le décrivait. Elle commença à farfouiller dans les cendres, du bout des doigts, totalement absorbée par sa tâche.

Si sa théorie était avérée, cela voulait dire que la cigarette retrouvée à moitié fumée, celle que devait analyser le labo, n'avait fait que glisser du paquet lorsqu'il en avait pris une nouvelle. Pour le malheur de Brad ! Dans ce cas, ce serait finalement une façon de prouver son innocence et de reprendre l'enquête à zéro.

Cela voudrait dire que le feu s'était déclenché pour une autre raison, que Brad ne serait pas déclaré coupable et que Lauren pourrait à nouveau commencer à croire en lui.

8

–Jolie tentative, ironisa Matt.

Il avait écouté la théorie de sa sœur sans desserrer les dents du début à la fin. Il avait accepté de considérer le mégot dégoûtant, tout écrasé, qu'elle lui avait tendu. Il s'était également retenu de tout commentaire avant qu'elle ait eu fini de raconter son histoire, à lui et à leur mère.

–J'ai trouvé ce mégot écrabouillé à moins d'un mètre du fanion, protesta-t-elle. Il était enfoui sous la terre, comme me le disait Brad. Donc, il ne ment pas !

–Ce n'est pas aussi logique que cela en a l'air, Mélany, contestait son frère, avec un calme exaspérant.

Leur mère restait assise à la table de la cuisine, le visage dans l'ombre du halo jaune de la lampe qui éclairait seulement ses longs cheveux blonds.

–Tu peux imaginer l'histoire comme ça si tu veux, mais aussi autrement, continuait Matt. Brad et moi, on se dispute à propos de son salaire. Il sort en pétard de la grange, fume sa clope pour se calmer les nerfs, et l'écrase du bout du pied. Il entasse de la terre dessus pour que personne ne s'aperçoive qu'il est complètement cinglé d'allumer une cigarette si près du tas de paille. Mais, ça lui met une autre idée en tête. Il commence à réfléchir. « Oui, ça serait vraiment trop facile de mettre le feu à ce fichu de ranch. » Il suit son idée jusqu'au bout et brûle la grange. Pour lui, on l'a bien mérité. Et, en plus, l'incendie ne laisse pas un seul cheval vivant, pas même sa chère Orchidée. Et cette mort accidentelle lui rapportera 10 000 dollars…

– Non, je ne peux pas croire ça. Tu n'as pas vu sa tête quand je lui ai annoncé que sa cigarette était une preuve et que l'expert l'envoyait au labo. Il était sous le choc et, ensuite, pris de rage contre cette injustice. Il n'aurait jamais risqué la vie de sa jument, pas pour dix mille ni pour un million de dollars.

– Tu dis ça parce que tu ne parles qu'avec ton cœur ! insistait Matt. Mais la vérité est sous notre nez : Brad fume une première cigarette, l'idée de se venger de nous lui traverse l'idée ; ça lui permet aussi de rembourser ses dettes. Il fait d'une pierre deux coups. Il rallume une cigarette et la jette cette fois-ci dans la paille et le foin, près du box de Petite Orchidée. Il ressort par l'autre bout de la grange et s'éclipse avant que personne ne le voie. Si tu n'avais pas entendu les chevaux taper contre les box, tu ne serais jamais allée dans la grange, tu n'aurais pas découvert le feu, ni sorti les chevaux de là… Ils seraient tous morts.

Mélany sentait que sa conviction fléchissait face aux arguments vigoureux opposés par son frère. Leur mère ne disait toujours rien, mais n'en pensait pas moins. Elle était probablement de tout cœur avec Mélany et Brad, mais sa raison la portait à croire Matt.

À peine Matt eut-il fini de plaider pour l'accusation

qu'ils entendirent tous le pick-up démarrer. Le bruit fit sursauter Lauren, qui se leva d'un bond et se rassit aussi sec. Matt sortit sur la galerie, Mélany sur ses talons.

– Qu'est-ce que c'…

– Il s'en va, souffla-t-elle éberluée.

Les phares étaient allumés, ratissant la cour à mesure que Brad braquait pour orienter van et pick-up en direction de la sortie. À l'intérieur du van, on entendait un cheval hennir et marteler le sol.

– Et il emmène Petite Orchidée ! Brad, arrête ! Reste ! criait maintenant Mélany.

Elle sauta d'un coup les marches qui descendaient vers la cour et courut vers le véhicule. Brad l'aperçut dans la lumière et se pencha par la portière. Son visage était livide, vide, énigmatique. Elle attrapa une poignée de la voiture comme si cela pouvait suffire à le garder au Ranch de la Pleine Lune pour prouver son innocence.

– Donne-moi une bonne raison de ne pas partir !

– Dis-leur la vérité ! Que s'est-il vraiment passé ? plaida-t-elle.

– Qui m'écoutera ?

Il avait répondu sèchement, sans desserrer les mâchoires. Il remarqua Lauren, debout sur la galerie, dans l'encadrement de la porte. Elle ne fit aucun geste pour soutenir Mélany, mais Matt rejoignit bientôt sa sœur.

– Vas-y, va te cacher où tu veux, se moquait-il. Mais ne crois pas que tu t'en tireras à si bon compte !

– Tu es qui pour parler comme ça ? répliqua Brad

amèrement.

De son bras valide, il saisit le volant, relança le moteur et roula au pas vers le portail.

– Les flics te retrouveront sans problème, hurlait Matt derrière lui. Toi, ton van rutilant et ta championne de *reining*.

– C'est ça, qu'ils essaient !

Brad accéléra. Mélany fut obligée de lâcher la portière. Elle se recula prestement, aperçut en un éclair la tête blanche de Petite Orchidée à travers le vasistas. En équilibre instable sur le plancher du van, elle roulait des yeux terrifiés et hennissait de frayeur. À la vue de cette scène, Mélany courut pour rattraper à nouveau le conducteur.

– Où tu vas ? Qu'est-ce que tu vas faire ?

– Recule, prévint Brad en rattrapant le volant pour tourner. Je n'ai pas envie de blesser quelqu'un par-dessus le marché.

– S'il te plaît… Je t'en supplie.

Elle lâcha prise et sentit le pick-up glisser près d'elle. La masse blanche et étincelante du van qui suivait la domina longuement. Dernière image de la tête de la jument, puis juste les feux de position rouges dans la nuit désormais bien noire. L'attelage tout entier était déjà sur la piste qui quittait le ranch. Mélany en appela à sa mère, qui n'était toujours qu'une ombre sous le porche d'entrée de la maison.

– Maman, mais… Arrête-le !

Sa mère ne bougea pas. Matt refermait déjà le large portail derrière le van. Il allait appeler les flics et leur voiture intercepterait l'attelage de Brad avant même qu'il ne rallie la voie rapide pour aller en ville... C'est du moins ce qu'il grognait à la cantonade.

Mélany vit le clignotant droit s'allumer puis disparaître derrière le premier virage de la piste, au travers de la forêt.

– Qu'est-ce qu'il fait ? Il est bête ou quoi ? murmura-t-elle avec un pincement au cœur.

– Bête et méchant ! confirma Matt.

Le portail claqua. La cour retomba dans le silence. Derrière le Rocher de l'Élan, la lune se levait, pâle. Un coyote hurla. Dans le Pré du Renard, les chevaux se regroupèrent par sécurité, appelant Petite Orchidée pour l'avertir du danger qui planait sur la forêt. Le coyote hurla une seconde fois et obtint en réponse quelques glapissements sauvages depuis le sommet des montagnes.

Mélany fut parcourue d'un grand frisson, se retourna et décida de rentrer.

À la surprise de tous, il s'avéra plus difficile que prévu pour la police de repérer le van de Brad Martin.

– C'est pas possible ! À quoi on le paye, ce shérif Francini ! Un seul homme traverse la forêt avec un van et, lui, il n'est même pas capable de poursuivre ce criminel dangereux qui prend la poudre d'escampette en conduisant d'une main à une vitesse maximale de quarante-cinq kilomètres à l'heure !

Le shérif de San Luis venait d'appeler le ranch pour dire que la police n'avait pas encore aperçu le fuyard.

Lauren demanda à Matt de se calmer. Le shérif pensait passer dans peu de temps au ranch pour en apprendre davantage sur la fuite inattendue de Brad Martin. Il jetterait sûrement un œil à la grange pendant qu'il y était et poserait d'autres questions.

Heureusement pour la famille Scott, le samedi, la routine des promenades faisait une pause. Des randonneurs partiraient, d'autres arriveraient, mais il n'y aurait pas de sorties officielles à cheval. Ben, Charlie et Hadley assureraient les navettes entre l'aéroport de Denver et le ranch.

– Dès que le shérif arrive sur les lieux du crime, prévenez-moi pour que je puisse lui parler, grommela encore Matt. Si c'est un motif pour incendie volontaire qu'il cherche, j'ai tout ce qu'il lui faut. Toutes les pistes mènent à notre pyromane, notre célébrité qui brille par son absence... j'ai nommé l'homme invisible.

Il sortit à grandes enjambées de la maison pour aller travailler dans le ranch pendant qu'elles attendaient. Lauren fit comprendre à Mélany qu'elle avait également besoin de s'occuper l'esprit :

– Il faut que j'appelle l'électricien pour lui dire que ce n'est pas la peine qu'il se dérange lundi matin. Inutile de déplacer un artisan jusqu'ici pour lui dire que l'installation électrique qu'il devait refaire n'existe plus.

Mélany ne releva pas la remarque. Elle savait de toute façon que Charlie s'était rendu en ville dans la semaine pour acheter du câble électrique. La sonnerie du téléphone détourna la conversation. Elle décrocha sans attendre, c'était peut-être déjà la police qui leur annoncerait de mauvaises nouvelles.

– Ranch de la Pleine Lune, bonjour !

– Salut Mélany ! lança la voix de Lisa, claire et légère. Alors finalement, tout s'est bien passé pour Brad, je vois.

– Hein ?! Pourquoi tu dis ça ? s'étonna Mélany à haute voix.

Elle s'éloigna, téléphone en main, pour parler tranquillement à son amie sans être entendue de sa mère.

Après avoir aidé Deborah Chenay lors de son inspection, Lisa était repartie comme prévu avec son grand-père pour le Camping de l'Orme.

– Je dis ça parce que j'ai vu que les flics ne lui avaient pas mis l'histoire de la grange sur le dos. Et je suis contente pour ta mère que ça finisse pour le mieux.

– Excuse, mais je pige mal. Qu'est-ce que tu en sais, toi, mademoiselle Lisa Goodman, de ce que pensent les flics ?

Il y eut un long silence avant que Lisa ne se lance dans une explication effrénée :

– J'utilise ma tête, c'est logique comme deux et deux...

– ... font cinq ?

– Écoute, si la police voulait absolument mettre Brad sur le gril pour le faire parler, il ne serait pas là à vaquer tranquillement à ses occupations. Il serait déjà dans le bureau du shérif à San Luis depuis longtemps. Mais, vu que ce n'est pas le cas...

– Ah bon et pourquoi ?

– Parce que je viens de le voir passer devant la réception du camping, ici. Mon grand-père vient juste de lui donner un emplacement. Brad est en train de descendre Petite Orchidée du van !

Mélany alla chercher sa mère sur-le-champ. Elle ne pouvait pas garder une telle information pour elle toute seule.

Elle trouva sa mère dehors ; elle déambulait tout autour des lieux de l'incendie en se mordant les lèvres inconsciemment, toute à sa réflexion. Mélany s'approcha sans hâte ; il lui fallait le temps de retourner cent fois dans sa tête la phrase qui annoncerait l'info de dernière minute, car elle aurait de lourdes conséquences.

Premièrement, et sans doute le plus important, sa mère serait de nouveau bouleversée.

Deuxièmement, elle s'en voudrait à mort mais passerait le « tuyau » au shérif. Or, même si elle devait être maintenant convaincue que Brad avait enflammé la grange, il serait difficile pour Lauren de trahir la confiance qu'il avait placée en elle et d'envoyer la police au camping de Larry pour une arrestation.

À bien y réfléchir, il n'y avait qu'une façon de dire les choses, vite et bien, dans le calme :

– Brad vient de garer son van au Camping de l'Orme. Je suppose qu'il a passé la nuit à rouler dans la forêt. Il a dû sentir la panne d'essence approcher, ou manquer de foin pour la jument. En tout cas, il a décidé de s'arrêter chez Larry. Qu'est-ce qu'on fait ?

– J'y réfléchis, je ne suis toujours pas persuadée à 100% que tout ceci soit l'œuvre de Brad.

Elle ferma les yeux et inspira un grand bol d'air pour se remettre du choc.

– Ah oui, toujours pas persuadée ! éclata Mélany. C'est à Brad qu'il fallait dire ça. Pour lui, tu l'as déjà condamné depuis longtemps. C'est pour ça qu'il nous a laissé tomber et qu'il s'est enfui comme un voleur.

– D'accord, mais je ne savais pas quoi penser, avoua Lauren en rouvrant les yeux pour affronter le regard de sa fille.

– Et maintenant ?

– Je ne sais toujours pas mais je dois continuer à étudier toutes les causes d'incendie possibles. Je lui dois bien ça. J'étais en train d'y travailler lorsque tu m'as annoncé ton « scoop ».

D'autres causes d'incendie possibles, encore inconnues ? Mélany fronça les sourcils. Elle se rappela les mots de Deborah Chenay à Lisa : « un incendie peut démarrer pour des tas de raisons... » ; « fort possible qu'on ne découvre jamais la véritable cause ». Quels exemples avait-elle donnés déjà ? Celui d'une étincelle qui jaillirait des fers d'un cheval au contact d'un autre métal. Même le meilleur des experts ne pourrait le prouver. Le bout de verre qui fait loupe est déjà plus facile à repérer. De même que les traces d'essence s'il y en avait. Et peut-être aussi, un problème électrique...

Mélany attrapa le bras de sa mère et la tira sous le

rubalise qui entourait l'ancienne grange.

– Mon Dieu, maman, l'électricien !

– Mélany, attends ! Qu'est-ce que l'électricien a à voir là-dedans ?

– Tu l'as appelé pour qu'il refasse le circuit électrique de la grange ! Ça veut bien dire qu'il y avait un problème avec l'électricité de la grange, non ?

– Pas exactement, expliqua Lauren en déambulant dans les débris après Mélany. Tout fonctionnait, mais les fils électriques sont vieux, ils ont une trentaine d'années. Donc, je savais qu'il faudrait refaire l'électricité dès qu'on en aurait les moyens... Je vois à quoi tu penses !

– Que se passe-t-il lorsqu'un fil est trop vieux ou une prise abîmée ? persévéra Mélany après un coup d'œil à sa mère par-dessus son épaule. Soyons logiques.

– La gaine ou l'entourage en plastique se fissure, précisa Lauren, et les deux fils électriques à nu sont en contact et font court-circuit. Ça crée une étincelle....

– ... et ça peut mettre le feu ! Dans notre cas l'incendie est parti d'ici, termina Mélany. Là où il y avait le mur, après le box de Petite Orchidée. Où était la prise électrique la plus proche ?

Mélany choisissait avec précaution l'endroit où elle posait les pieds au milieu des tôles ondulées du toit. Elle parvint à retrouver la paroi du box. Sa mère réfléchissait à la réponse.

– Il y avait un container à grains juste ici, près du poteau principal. Et un fil courait le long de la séparation du box, en bas. La prise devait être ici, conclut-elle.

Déjà accroupie parmi les planches, elle mit la main sur une bonne longueur de fil électrique qui courait encore à terre. Elle le suivit jusqu'à ce qui avait dû être l'une des vieilles prises à remplacer.

Cachée sous les planches, dissimulée au regard d'un expert un peu trop satisfait de son premier indice, la prise murale qui restait sur la paroi du box était en partie fondue et couverte de cendres. On reconnaissait encore cependant sa forme carrée.

On pouvait distinguer le boîtier en plastique noir ainsi que les trous avec le métal à l'intérieur pour faire contact avec les deux fiches de la prise mâle. Mais la prise mâle avait disparu. Sans doute arrachée ou désolidarisée de la prise murale par les efforts que Petite Orchidée faisait pour atteindre le container à grains et s'accorder un petit en-cas supplémentaire. L'arrachage de la prise avait sûrement délogé un fil électrique qui avait dû faire court-circuit. Normal, par conséquent, que la prise murale ait pris feu, qu'elle ait fondu.

9

La demi-heure qui suivit, entre cette découverte et l'arrivée du shérif Francini, fut remplie de conversations frénétiques.

Lauren avait immédiatement fait venir, insistant sur le fait que cette prise fondue éclairait sous un nouveau jour toute la situation. Son fils admit en ronchonnant que cela pouvait modifier la réaction de la police.

– Excepté qu'on a passé une visite de sécurité à l'automne dernier, rappela-t-il. Visite obligatoire pour renouveler notre certificat annuel d'assurance.

– Au moins, donc, nous sommes couverts ! souligna Lauren. Ce n'est vraisemblablement qu'un horrible accident. Rien à voir non plus avec la vétusté de l'installation.

– Matt, selon nous, Petite Orchidée aurait tapé dans la paroi du box pour atteindre le grain, expliqua Mélany. Et, en bougeant le container, elle aurait délogé, voire arraché la prise. Maman, à toi d'annoncer en personne cette nouvelle à Brad.

– J'attends que l'on ait parlé au shérif. Inutile de donner de faux espoirs à Brad sans bonne raison.

Ils patientaient tous trois dans la cour lorsqu'ils aperçurent sa voiture serpenter au travers des arbres, à environ deux kilomètres.

Ils récapitulèrent l'ensemble de la situation avec le représentant de la loi dans le comté de San Luis : depuis la découverte par Deborah Chenay de la cigarette à moitié fumée jusqu'à leur enquête matinale sur ce qui restait de l'installation électrique, en passant par le deuxième mégot déterré par Mélany.

Le shérif Francini écoutait, debout, le Stetson renversé sur l'arrière de son crâne chauve, ses bras robustes repliés sur le torse. L'expression de son visage restait impassible, même lorsque Mélany mettait son grain de sel dans les explications de sa mère sur le container à grains.

– Alors ? demanda-t-elle finalement. Ça veut dire que vous pouvez cesser les poursuites contre Brad ?

– Ne précipitons rien, avertit le shérif. D'après ce que Matt me racontait hier, Brad Martin est le diable en personne. D'après toi, Matt, il semblait capable de tuer père et mère.

– J'ai sûrement un peu exagéré sous le coup de la colère, avoua ce dernier. On est vraiment sous pression en ce moment. Et l'idée que ce type voulait sacrifier les juments pour une stupide indemnité d'assurance me rendait fou.

– Pour être franc, l'assurance nous a servi la même histoire, ajouta le shérif de son ton lent et mesuré. Leur première réaction a été de nous contacter l'autre soir en disant qu'il s'agissait probablement d'un incendie criminel, et je devais venir ici pour jeter un coup d'œil.

– Mais, maintenant, la situation a changé, gesticula

Mélany, impatiente. Ce n'est pas juste de tout mettre sur le dos de Brad. Il faut arrêter les poursuites.

– Holà, du calme ! Il y a encore quelques trucs qui me chiffonnent. Je ne comprends pas pourquoi, s'il est innocent, ce Brad Martin s'est éclipsé ainsi dès qu'on a prononcé le mot… « flic » ?

– Ouais, exactement ! renchérit le fils Scott.

Matt laissait comprendre que sa réaction anti-Brad était loin d'être calmée. Le shérif avait décroisé les bras pour glisser ses pouces dans les passants de sa ceinture.

– Il est parti parce qu'il savait que personne ne le croirait, s'écria Mélany, exaspérée.

– Pas très fin de sa part, à mon humble avis, fit le shérif en tortillant sa grosse moustache noire. En fait, il est encore un petit peu suspect, donc je n'abandonne pas les recherches tout de suite.

Mélany poussa un soupir énervé et fixa le bout de ses chaussures. Elle espérait beaucoup plus et le shérif remarqua sa déception.

– Voilà ce que je vais faire. J'appelle l'assurance, promit-il, et je leur demande de renvoyer Deborah Chenay pour une seconde inspection des lieux. Pendant ce temps, je passe le mot à tous les ranchs de mon secteur. Ils doivent me signaler immédiatement tout pick-up tractant un van blanc.

Le silence retomba pendant que le shérif réajustait sur son front le bord de son chapeau blanc et se préparait à remonter en voiture. Mélany jeta un regard anxieux vers sa mère car elle pressentait ce qui allait suivre. Lauren s'avança alors qu'il ouvrait la portière.

– Shérif Francini, hésita-t-elle, le visage rouge. Au sujet du van de Brad Martin. Inutile de prendre contact avec les ranchs du coin et de déclencher une alerte.

L'homme de loi hocha la tête et attendit la suite. L'expression de son visage laissait comprendre que plus rien ne le surprenait dans la vie. Tout venait à point puisqu'il savait attendre.

Mélany aurait préféré que Lisa n'ait jamais appelé pour signaler les pérégrinations du fugitif. Elle n'aurait elle-même pas eu à placer sa mère dans cette situation embarrassante, entre le marteau et l'enclume.

– On nous a indiqué où était Brad, avoua Lauren. Il a débarqué chez Larry Goodman il y a environ une heure. Si vous y allez, vous êtes quasiment certain de l'y trouver.

– Je me demande comment va réagir Brad lorsqu'il verra la voiture de police passer l'entrée du Camping de l'Orme ? culpabilisait maintenant Lauren. Il saura que quelqu'un a vendu la mèche et il ne lui faudra pas longtemps pour comprendre que le quelqu'un en question, c'est moi.

– Dans ce cas, il vaut mieux appeler Larry pour qu'il nous le passe au téléphone, suggéra Mélany aussitôt. On lui expliquera l'histoire de la prise murale brûlée et il réalisera que le meilleur plan pour lui est de rester sur place, de mettre les choses au clair dans sa tête en espérant que Deborah Chenay se décide à changer d'avis sur la cause de l'incendie.

Lauren saisit l'idée au vol. Elle se précipita dans la maison, enfonça littéralement les touches du numéro du camping et attendit la sonnerie du téléphone à l'autre bout. Elle raccrocha en claquant le combiné sur sa base et ressortit surexcitée sur la galerie.

– Pas de réponse, rapporta-t-elle à ses enfants.

– Et si nous y allions ? proposa cette fois Matt. Il n'y a qu'une quinzaine de kilomètres. Si on prend quelques pistes forestières par derrière, on devrait arriver en même temps que le shérif.

– Allez hop, Mélany, mets–toi à l'arrière, accepta Lauren. Matt, va chercher les clefs, c'est toi qui conduis.

– Non, écoute maman ! J'ai une meilleure idée. Je selle Lucky et je file à travers bois par la Corniche des Ours. Ça raccourcit la route du tiers. J'irai plus vite qu'une voiture.

– Bien pensé, reconnut sa mère sans s'arrêter pour réfléchir. On te rejoint au camping, mais tu fais attention ! Bien d'accord ?!

Matt sauta dans la voiture, démarra et commença à traverser la cour pendant que Mélany promettait de ne rien faire de dangereux :

– Lucky connaît le terrain comme sa poche. Ne t'inquiète pas. Pensez simplement à rejoindre le camping le plus vite possible pour le mettre au courant.

Lauren et Matt se mirent en route sur les pistes en terre sinueuses du parc national forestier.

Mélany sella son cheval. En quelques minutes, elle

avait glissé le lourd harnachement sur la barrière du corral, couru jusqu'au Pré du Renard pour attraper le palomino, l'avait sellé et bridé comme il convient. Ils étaient tous deux prêts à partir.

– Allez, faut qu'on se dépêche ! dit-elle à Lucky.

Elle le lança dans un trot rapide qui se transforma vite en galop. Elle lui transmettait son sentiment d'urgence et il avançait volontiers sur les pentes raides de la vallée, ignorant les chemins, coupant au travers des bosquets de trembles aux troncs élancés et argentés pour monter vers un paysage plus désolé peuplé de pins tordus.

– C'est bien mon grand, haletait Mélany.

Elle s'était mise en équilibre dans sa selle, le buste penché vers l'avant, les genoux fléchis pour amortir les foulées du grand galop. Le vent lui happait les cheveux et gonflait le dos de sa chemise. Elle entendait le cuir de ses étrivières crisser à mesure que son cheval pénétrait dans le Canyon du Mort pour rejoindre la Crête des Mineurs et s'élever vers la Corniche des Ours.

Elle esquivait les branches basses, évitait les troncs, se fiait à des repères familiers pour juger de leur progression dans la forêt. Il y avait l'index de Monument Rock, pointé vers le ciel. Plus loin, sur sa gauche, la pente descendait presque à pic vers un méandre de la rivière où les mineurs cherchaient autrefois de l'argent. Droit devant, hors de sa vue après la Corniche des Ours et, à encore un bon kilomètre de là, se trouvait le Refuge de l'Aigle Rouge où logeait, Smiley, le garde forestier. Ensuite, plus qu'un petit kilomètre et elle tomberait sur l'entrée du camping.

Mélany plongea sous une nouvelle branche. Elle sentit les petits coups d'épée des aiguilles de pin sur son visage. Elle galopait trop vite pour sa propre sécurité mais elle était prête à assumer ce risque pour atteindre son but avant le shérif.

Lorsqu'ils arrivèrent à hauteur de la crête, à une volée de la cabane du ranger abritée sous les pins pondérosa du Chemin de l'Orée, elle aperçut Smiley sur la terrasse qui lui faisait signe de la main.

– Hé, Mélany ! J'ai un message de la part de ta mère.

La cavalière entendit le faible appel et changea de direction pour revenir au trot vers le chalet. Le garde forestier, petit et trapu, attendait en bras de chemise, ses fins cheveux ébouriffés par un vent incessant.

– Comment ça se fait ? Maman et Matt doivent être en voiture, en direction du camping de Larry Goodman.

– Je sais. Mais elle m'a appelé de son téléphone portable. Il y a un bouchon sur la voie rapide, du côté de chez Jim Mullins. Un camion de débardage a eu un accident ; il s'est plié en V dans un virage. Pas de blessé, mais les troncs ont glissé de la remorque. À mon avis, ils en ont pour une bonne heure avant de pouvoir reprendre leur route.

– Bon ! Et le shérif dans l'histoire ? s'enquit Mélany en reprenant son souffle.

– Pas prêt d'être au camping non plus. L'accident a eu lieu avant qu'il ne s'y rende. Du coup, il est bloqué au moins jusqu'à ce qu'un camion sur chenilles n'arrive d'une ferme toute proche.

– Impec !

Mélany était incapable de dissimuler son soulagement. Elle pouvait désormais ralentir le rythme. Aucun doute maintenant, elle et Lucky seraient les premiers à parvenir au Camping de l'Orme pour expliquer la situation à Brad. Tout dépendrait de la façon dont elle pourrait le convaincre qu'il n'était plus le suspect numéro un et que la théorie de l'expert s'écroulait.

Elle remercia Smiley, se remit en route pour le dernier tronçon, traversa le Chemin de l'Orée avant de replonger dans une vallée plus abritée. Cette fois-ci, le point de repère qu'elle visait était l'arbre solitaire qui marquait l'entrée du camping. Elle laissa Lucky ralentir l'allure car elle le sentait fatigué après son galop « à fond les manettes ».

– C'est bien, mon grand, lui murmura-t-elle à l'oreille.

Il continuait à avancer sans rechigner, dépassa les limites du parc national forestier pour déboucher dans un décor plus ouvert et verdoyant.

Le palomino sentait qu'il arrivait à destination. Il accéléra de nouveau sur la piste plane qui menait à l'entrée. Un panneau à l'attention des campeurs les saluait et les invitait à se diriger vers la réception.

Le samedi matin était toujours un temps fort au camping. Mélany remarqua trois grands camping-cars garés devant le bureau de Larry ainsi que plusieurs grappes de vacanciers à la queue leu leu.

Mélany vérifia rapidement que Brad n'était pas

parmi eux, resta en selle et passa au trot. Il fallait qu'elle trouve Brad et lui parle fissa fissa.

Lisa descendait une large piste en vélo au milieu d'un bosquet de trembles. Ses cheveux roux accrochaient les rayons du soleil, son T-shirt blanc et son short bleu semblaient très frais et estivaux.

– Hé ho, Mélany !

– Salut Lisa ! Écoute, je ne viens pas pour une visite de courtoisie. Il faut que je parle à Brad Martin. Tu pourrais me montrer l'emplacement que Larry lui a réservé.

– Bien sûr, suis-moi !

Sans poser de questions, Lisa avait tout de suite modulé son humeur en fonction de la gravité de la situation. Elle fit demi-tour sur la piste et reprit son chemin entre les arbres scintillants.

– Je suis justement passée par là-bas pour venir, mais je n'ai pas vu Brad ! dit-elle seulement.

Mélany suivait en laissant Lucky trotter librement derrière la bicyclette. Ils longèrent des rangées de camping-cars et de caravanes, chacun et chacune garés au milieu d'un emplacement bien plat, délimité par des haies et doté d'une petite cour en béton pour installer un barbecue.

– Brad a demandé à être aussi loin que possible des autres, précisa Lisa en pédalant consciencieusement pour passer la déclivité. Grand-père lui a choisi l'emplacement 45 car il y a de la bonne herbe derrière.

– Et comment il était ? s'angoissa Mélany.

– Je ne sais pas. Je ne lui ai pas parlé personnellement.

Lisa abandonna enfin son vélo dans un virage. Elle tourna pour rejoindre à pied l'emplacement dissimulé aux regards. Inévitablement, elles aperçurent en premier le van blanc et argent scintiller au soleil. Le pont était abaissé et, plus loin, la porte d'accès à la couchette de Brad était ouverte, comme si le propriétaire n'était pas loin.

Lisa passa directement à l'arrière de l'emplacement pour explorer la petite ravine à l'herbe bien verte. Mélany mit pied à terre pour jeter un coup d'œil rapide à l'intérieur du van.

– C'est vide ! cria-t-elle pour que son amie revienne. Si Petite Orchidée n'est pas là, c'est qu'ils ont dû partir se promener.

– Non, ça ne colle pas ! Pourquoi aurait-il laissé la porte ouverte s'il s'absentait pour un moment ?

Mélany attacha Lucky. Elle s'approcha pour mieux regarder dans la remorque. Sur le lit : un sac de couchage vide. Une carafe de café attendait de refroidir sur le minifour. D'autres signes indiquaient que Brad était parti précipitamment.

À quoi joue-t-il ? Ce désordre perturbait Mélany. Ce cow-boy bien propre sur lui n'était pas du genre à laisser traîner ses précieuses bottes sur le plancher en laissant la porte grande ouverte... N'importe qui aurait pu les prendre.

– La jument n'est pas derrière non plus, rapporta Lisa. Mais il y a des traces récentes qui se dirigent vers les Sources du Mont Tigawon.

Lisa avait rejoint Mélany dans la cabine du van. Son amie fronça les sourcils à cette dernière information. Elle hocha la tête de déception. Son cœur se mit à palpiter lorsqu'elle ramassa un paquet de cigarettes posé sur la petite table près de la gazinière. Sous le paquet, était gribouillé un mot sur un bout de papier jaune.

– Y'a quelque chose qui cloche ! murmura Mélany.

– Et ce mot, qu'est-ce qu'il dit ? demanda Lisa, à bout de souffle.

Il fallut quelques minutes à Mélany pour parvenir à déchiffrer l'écriture désordonnée mais, lorsqu'elle put enfin lire, ses palpitations se transformèrent en une sourde cavalcade qui la lançait dans la poitrine. Elle devinait à la lecture l'horreur que cachaient les lettres décryptées par ses yeux.

– « Vendez le van pour payer mes dettes à Evans », lisait-elle d'une voix tremblante. « Lorsque vous trouverez Petite Orchidée, ramenez-la au Ranch de la Pleine Lune et demandez à Mélany de s'en occuper comme il faut. Dites à Lauren de ne pas être triste. » Signé : Brad Martin.

10

Lisa avait réfléchi à ce que signifiait réellement ce mot. Elle bouillonnait :

– C'est bien un mec ! Il ne peut pas faire face, alors qu'est-ce qu'il fait ? Il prend la tangente et abandonne tout le monde, y compris sa jument si précieuse !

– Non, c'est pire que ça, Lisa.

– Comment ça, pire ?

Les deux adolescentes avaient sauté au bas de la cabine. Lisa fixait le Sentier des Sources du Mont Tigawon. Comme si Brad avait tout à coup changé d'avis et qu'elle allait le voir revenir au petit trot vers le Camping de l'Orme.

– Brad n'a pas juste pris la tangente comme tu dis, insista Mélany dans le calme. Il a sellé Petite Orchidée et s'est mis en route pour son dernier voyage.

– Qu'est-ce que tu racontes ? Tu penses qu'il a laissé ce mot avant de se suicider ?

– Quoi d'autre sinon ? Impossible de l'interpréter autrement ! Tu sais, la dernière fois que j'ai parlé à Brad, il était très amer, très en colère parce que personne ne croyait à sa version des faits.

– Et toi, tu y croyais ? Tu pensais qu'il était innocent ?

– À la fin, oui ! lâcha Mélany dans un soupir. Je me

souviens qu'au début, avec Matt, on était très méfiants envers ce cow-boy « m'as-tu-vu » qui courtisait notre mère. Lorsque l'expert a trouvé le mégot, plus personne ne semblait disposer à le croire, sauf moi. C'est ça qui l'a miné. Il a sa fierté et elle était sérieusement malmenée au ranch.

– Bon, alors ! On fait quoi maintenant ? s'affola Lisa.

Elle venait de passer en mode « panique » et faisait des allers et retours entre le sentier de randonnée et son amie.

– Lisa, va prévenir ton grand-père. Y'a une urgence ! Tu dis juste qu'ils se sont perdus. Tu ne parles pas du suicide. Ton grand-père appellera ma mère et le shérif, leur passera l'info. Et, tu lui dis aussi que je pars à leur recherche avec Lucky.

– Tu vas essayer de parler à Brad de ce qu'il compte faire ?

Mélany opina pendant qu'elle se mettait en selle et reçut en réponse le regard inquiet de Lisa.

– Mélany, tu ne penses tout de même pas qu'il pourrait avoir un… une arme pour… ?

– Je n'en sais rien ! Un coup de fusil en pleine tête serait ce qu'il y a de plus rapide et facile. Ça pourrait bien être la méthode qu'il a choisie. Bouge-toi Lisa ! Va chercher de l'aide ! Allez, grouille !

Sur ces mots, Mélany poussa Lucky dans un grand trot pour sortir du camping. Elle repéra très vite les empreintes récentes menant vers les Sources du Mont Tigawon. Les branches externes des fers postérieurs prolongées en courbe, une ferrure typique des chevaux de *reining* professionnels, ne laissaient aucun doute : elle était bien sur la piste qui menait vers la dernière sortie de scène d'un homme désespéré.

Mélany ne connaissait pas ce sentier ; il était bien au-delà des limites dans lesquelles elle baladait les hôtes du Ranch de la Pleine Lune. Elle trouvait du moins la piste facile à suivre car la densité des pins pondérosa à cet endroit interdisait de couper à travers bois. Les écailles de leur épaisse écorce dégageaient un parfum de résine à la fois doux et tenace. Les aiguilles composaient un tapis brun clair sur la terre meuble comme de la tourbe.

Là, on distinguait nettement les empreintes de Petite Orchidée. Elles s'enfonçaient dans le sol noir, soulevé par ses sabots au galop. La piste allait droit, sans hésitation ni rupture. Elle ressortait plus haut dans les arbres, puis tournait à droite sur une pente raide, à ciel ouvert, où elle recoupait un virage en épingle sur le chemin de randonnée officiel.

Lorsque Mélany incita Lucky à tourner pour suivre les pas de Petite Orchidée, elle le sentit hésiter. Il changea de pied, se laissa porter par la pente. Il accéléra ensuite tel le vent, sentant à coup sûr qu'il comblait la distance.

Là, sur le versant exposé de la montagne, Mélany sentait le vent percer avec plus d'ardeur au travers de sa mince chemise et du T-shirt qu'elle portait en dessous. Ils approchaient les 3 000 mètres d'altitude. L'air se faisait rare, le ciel était d'un bleu éclatant.

Levant les yeux du sol, elle apercevait le sommet

blanc du Mont Tigawon, le petit frère du Pic de l'Aigle, qui culminait tout de même au-delà de la limite des neiges éternelles. *Est-ce que Brad et Petite Orchidée se dirigeaient vers ce sommet ?* Ou Brad avait-il choisi l'autre branche de la patte d'oie pour filer vers les sources ?

Mélany ramena Lucky sur une partie rocheuse où il était difficile de repérer des traces. Le palomino gigotait sous la selle, tentait d'arracher les rênes. Sa crinière se secouait dans le soleil.

Quelle route choisir ? Le long du dangereux chemin étroit qui menait aux falaises à pic des Sources du Mont Tigawon ? C'était un endroit retiré de tout où les neiges de l'hiver seraient encore en train de fondre, s'écroulant par-dessus les rochers, de saillie en saillie. Elles basculaient de hauteurs vertigineuses avec tant de force qu'elles emportaient tous les imprudents pour les précipiter dans un plongeon mortel d'une vingtaine de mètres.

Ou fallait-il continuer à monter en altitude, s'aventurer dans les neiges éternelles, dans ce monde blanc et silencieux d'un hiver sans fin ?

Pendant quelques secondes, Mélany se demanda, désemparée, quel chemin aurait choisi Brad.

Lucky, lui, n'eut aucun doute. La danse nerveuse de ses pas de côté prenait la direction de la montagne. Il poussa un long hennissement aigu comme pour communiquer avec un invisible compagnon, là-haut, dans les vastes étendues enneigées.

Mélany décida de suivre l'instinct de son cheval. Elle lui laissa les rênes. Il chargea vers les anciennes plaques de neige à moitié fondues dans les cuvettes de terre noire ou gouttant en longues stalactites des saillies rocheuses. Mêlées aux restes de congères se trouvaient également des zones plus ensoleillées et bariolées du bleu des ancolies, du jaune du soleil, du blanc et du rose d'autres fleurs des alpages.

J'espère que Lucky a raison. Mélany avait perdu la trace de Petite Orchidée et devait s'en remettre entièrement à l'ouïe fine de son cheval. Elle-même n'entendait rien, si ce n'était le vent. Elle ne voyait rien d'intéressant non plus, juste de grands espaces blancs où les pins aux branches tordues renonçaient à pousser, cédant leur place à la neige.

Tout à coup, elle distingua à nouveau la piste de Petite Orchidée. La jument pie avait repassé la limite des neiges éternelles et plongé dans des congères qui devaient arriver à hauteur de genoux à une autre époque de l'année. Son cavalier l'avait poussée à progresser sur les pentes plus faciles où le vent avait balayé la neige des rochers et les laissait, tout noirs, exposés aux regards. Le hennissement de Lucky, oreilles pointées, déchira le silence.

Qu'entendait-il ? Avait-on répondu à son appel ? Mélany crut entendre une faible réponse. Mais peut-être était-ce simplement son imagination ! Et si ce n'était pas son imagination et que la jument était vraiment là-haut en pleine nature... *Où Brad pensait-il aller comme ça ?*

« Nulle part ! », aurait sans doute répondu l'intéressé. Il déambulait au milieu de nulle part, d'un grand néant

– silhouette solitaire coupée du monde. Là-haut, peut-être, dans les neiges éternelles, trouverait-il le courage de s'ôter la vie. En un lieu si désert que personne ne retrouverait jamais son corps. La neige le recouvrirait en tombant doucement, la glace l'emprisonnerait, les avalanches l'enterreraient. Plus la peine d'expliquer la raison de ses gestes, plus de malentendus. La fin, tout simplement !

Le cœur de Mélany se resserra. Cette issue lui faisait peur et elle reprit son chemin.

Le lourd soupir d'un cheval lui parvint par-delà l'étendue d'eau gelée. Elle et Lucky se tenaient sur les rives d'un lac de montagne, sur un plateau blanc encadré de trois versants abrupts. Les traces de la jument les avaient menés jusque-là, jusqu'à cet immense cirque glacé, une véritable impasse.

Seuls les mouflons pouvaient sortir indemnes d'un tel cul-de-sac. On distinguait leurs petites empreintes nettes qui zigzaguaient depuis le fond du cirque jusque sur sa crête déchirée. Poussés par les vents qui hurlaient le long des pentes et sifflaient dans les crevasses, des plumeaux de nuages zébraient le bleu de l'horizon.

Mélany s'arrêta pour écouter. Elle entendit de nouveau un soupir et, cette fois également, un cheval qui s'ébrouait et faisait tinter son mors d'un son léger.

Gagné, Lucky ! Ils sont là ! Mélany se laissa glisser de la selle et attacha son cheval au tronc d'un arbre pourri.

Elle résista au besoin d'appeler Brad et s'avança dans le crissement régulier de la neige, puis entama prudemment le tour du lac, s'attendant à trouver Brad et la jument dans chaque petit ravin qu'elle passait.

Chaque fois, elle était déçue. Elle poursuivait son chemin, claquant des dents car la température descendait ici au-dessous de zéro. Son cœur s'arrêtait presque de battre de crainte de découvrir l'irréparable.

Elle avait parcouru environ la moitié du lac et était prête à crier pour appeler Brad, pour qu'il se montre enfin car il avait sûrement déjà compris qu'il était suivi. Elle allait dire : « C'est moi, Mélany. Écoute ! Ne fais pas l'imbécile, il faut que je te parle. » Il abandonnerait l'idée de mettre fin à ses jours. Tout finirait bien.

Pourtant, à chaque seconde, à chaque pas qui faisait craquer la neige, elle craignait d'entendre le cliquetis soudain de la gâchette, le son d'un fusil faisant écho dans ces lieux désolés.

Petite Orchidée! La surprise amena le nom de la jument sur les lèvres de Mélany à l'instant où elle jetait un coup d'œil derrière une énorme tour rocheuse. Elle tournait de dos au lac, debout sur une corniche étroite, couverte de gel, et se frayait une route autour de celuici.

La jument était immobile, toujours sellée. Son souffle soulevait un nuage blanc de condensation, sa crinière était raidie par la glace. Elle n'était pas attachée et se tenait juste là, tête basse. Elle attendait que Mélany vienne la chercher.

– Où est Brad ?

Mélany n'avait jamais vu quelque chose de plus désespérant qu'un cheval sellé sans cavalier. Petite Orchidée s'avança et tourna la tête.

– Il t'a laissée toute seule ? Où est-il parti ?

L'adolescente se souvenait de la finalité effroyable des mots trouvés dans la cabine du van. Ces mots lui confiaient la garde de la jument pie. Elle avait peur qu'il soit déjà trop tard.

Cette peur la fit se retourner brusquement sur la corniche. Elle faillit en perdre l'équilibre. Elle devait s'assurer que le lac gelé n'était pas fissuré, que personne ne s'était déjà jeté dedans pour en finir dans un mouvement de folie.

Dieu merci, la surface était lisse et blanche, étincelante.

– Je suis là-haut.

La tête lui tourna lorsqu'elle la renversa en arrière pour regarder en direction de la voix. Le soleil la faisait cligner des yeux. Elle distinguait à peine la silhouette qui l'observait depuis la tour rocheuse. Brad n'eut aucune réaction en la voyant là, comme si cela ne faisait aucune différence pour lui et son dernier projet.

– Inutile de poser des questions, dit-il en levant le bras pour lui interdire de parler. Tout est décidé, je n'ai pas envie de causer.

– Ça ne va pas d'être venu jusqu'ici avec ton bras en écharpe ! le gronda-t-elle.

Les mots s'étaient échappés de sa bouche sans laisser au cerveau le temps de réfléchir.

– N'importe qui peut se tuer en tombant de cheval.

C'est un moyen comme un autre.

– Arrête de parler comme ça Brad. C'est plus la peine.

– Écoute, petite, je ne m'attends pas à ce que tu comprennes. Mais, la route s'arrête ici pour moi. C'est tout.

Il était debout sur ce pic d'une bonne dizaine de mètres. Un saut dans le grand lac bleu et tout serait terminé. Pas de fusil, pas de sang, juste un grand plongeon dans la glace et le froid. Une fin glaciale.

– Je veux juste que tu saches une chose : je n'aurais jamais touché un crin de Petite Orchidée. Même pas pour un million de dollars. J'aime trop cette jument.

– Je le sais, mais écoute-moi jusqu'au bout. La situation a changé.

Les idées de Mélany commençaient doucement à se désembrouiller, mais pas assez vite pour empêcher Brad de s'avancer encore plus près du bord.

– Non, arrête !

– Je n'attends pas grand-chose de la vie, mais je veux pouvoir payer mes dettes. Et j'ai besoin d'un minimum de respect !

– Je comprends tout ça. Je te jure. Tout ce que je veux dire c'est qu'il faut que tu m'écoutes vraiment.

– Ah bon, et pourquoi ? Pour que tu me fasses changer d'idée et qu'on m'expédie en tôle pour un crime que je n'ai pas commis ?

– Non ! Pour que tu changes d'avis et que tu n'ailles *PAS* en cabane. Ne laisse pas tomber, je t'en prie. Ce serait trop facile !

Mélany avait lancé le défi. Elle vit sa haute

silhouette se pencher encore un peu plus vers le vide, puis se stabiliser. Cette fois-ci, ça avait marché. Peut-être cela fonctionnerait-il une autre fois. Juste au bord, Brad hésita :

– J'ai conduit toute la nuit en cogitant. Crois-moi, ce n'est pas si facile que ça. Mais je n'ai pas envie de me gâcher la vie pendant des années dans un cachot. Il y a des choses pires que la mort : la prison en fait partie.

Mélany rassembla son courage pour se forcer à aller droit au but. *Espérons qu'il croira au moins ça ! Question de vie ou de mort.* Ses paroles n'avaient jamais eu autant d'importance.

– Alors, ne saute pas ! Maman et moi, nous avons découvert que le feu était un accident. On ne les laissera pas t'arrêter. Hors de question que tu finisses en cellule !

11

– Et nous nous envolons pour Gladstone, sur la côte Est, pour faire le point sur les championnats nationaux d'équitation, annonçait la voix surexcitée du présentateur.

Mélany, Matt et Lauren étaient scotchés à la chaîne des sports et croisaient les doigts. Ils admirèrent la vue aérienne du stade, puis la caméra descendit en piqué pour cadrer en gros plan une silhouette dans la tribune des journalistes. Le speaker faisait durer le plaisir en précisant qu'il serait bientôt en mesure de donner les résultats du championnat de *reining*.

– Je n'en peux plus !

Lauren s'impatientait. Elle se cacha le visage dans les mains en prononçant ces mots. Un mois avait passé depuis que Mélany avait réussi à convaincre Brad de redescendre du Mont Tigawon avec Petite Orchidée. En échange, Brad l'avait persuadée de jeter le petit mot annonçant son suicide et de n'en parler ni à sa mère ni à son frère. Mélany avait promis. Elle avait fait jurer à Lisa de garder le silence sous peine d'aller en enfer.

La promesse serait difficile à tenir pour Lisa, car le silence n'était pas son fort. Mélany savait heureusement comment la prendre ; si elle la menaçait de briser leur amitié, il y avait de bonnes chances, malgré tout, pour que le secret soit bien gardé.

– Je le jure, avait accepté la rouquine, d'un air digne et résolu.

Après une seconde conversation avec Lauren, pendant que le camion sur chenilles dégageait la route des troncs tombés, le shérif Francini était arrivé au Camping de l'Orme en compagnie de Matt et de sa mère dans un meilleur état d'esprit à l'encontre de Brad Martin. Ils avaient appris sa disparition soudaine par téléphone portable. Le shérif s'était senti assez touché pour décider de tirer l'affaire au clair le plus vite possible.

Une fois l'embouteillage terminé, ils avaient rejoint le camping et s'étaient tous mis en route pour les Sources du Mont Tigawon, anxieux de savoir s'il n'était rien arrivé aux deux écervelés, comme à leurs chevaux, qui étaient montés là-haut vers les neiges éternelles.

– Mélany n'a même pas de veste, avait fait remarquer Lauren. Elle va attraper la mort !

Avant qu'ils n'atteignent les sources, ils virent arriver le misérable quatuor : deux chevaux exténués et deux humains taciturnes, ne souhaitant pas parler des récents événements.

Pendant que le shérif écoutait la version de Brad Martin, Matt avait pourtant exigé des explications de sa sœur, une fois celle-ci bien au chaud à la maison.

– Alors ? Qu'est-ce qu'il s'est passé avec ce Brad dans les montagnes ?

– Maman, avait plaidé Mélany, est-ce qu'il faut vraiment que j'explique tout ? Ça ne pourrait pas rester entre Brad et moi ?

– C'est ce que souhaite Brad ? voulut savoir sa mère.

Lauren jeta à sa fille un long regard durci par la situation. Mélany acquiesça et murmura dans un soupir :

– Désolée !

– D'accord. Matt, je pense qu'il faut respecter sa volonté puisque les choses finissent par s'arranger.

– Grâce à Lucky, ajouta Mélany.

Elle refusa ensuite de développer son idée si ce n'est pour vanter les mérites de son palomino, qui devait être le cheval le plus futé au monde.

– Ah bon ?! Je croyais que c'était Petite Orchidée ? la taquina Matt.

– Non, s'offusqua sérieusement Mélany. Petite Orchidée est très forte pour faire ce qu'on lui demande, les *sliding stops*, les *spins*, les trucs comme ça. C'est une athlète. Lucky, lui, il réfléchit tout seul à ce qu'il doit faire. Il savait qu'il était important de suivre Brad et la jument à la trace ; il y est allé franco pour les dénicher.

– La tête et les jambes, plaisanta sa mère.

– C'est à peu près ça ! En fait, ils sont tous les deux super. Vraiment ! Je ne les changerais pas d'un iota, pour rien au monde, même si on m'en donnait l'occasion.

Mélany avait continué à entraîner Petite Orchidée pour Brad jusqu'à ce que son épaule soit guérie. Ils avaient travaillé sur les points faibles. Brad avait remarqué que sa jument écartait les hanches vers l'extérieur sur les cercles lents qu'elle devait décrire pour se préparer à chaque *spin*. Corriger ce défaut avait demandé beaucoup de concentration, mais ils étaient parvenus à leurs fins.

Deborah Chenay avait réexaminé les lieux de l'incendie et révisé son rapport. Celui qu'elle avait envoyé à ses patrons signalait qu'elle était à 99% certaine que le feu avait été déclenché par la prise murale près du box de Petite Orchidée. Toutes les poursuites contre Brad Martin pour incendie criminel et escroquerie à l'assurance avaient été abandonnées.

Brad avait pu se concentrer enfin sur ce qu'il faisait de mieux. Son épaule s'était améliorée au bout de deux semaines. La route pour Gladstone lui était de nouveau ouverte.

C'est pour cette raison que la famille Scott était réunie devant le poste de télévision, suspendue aux lèvres du journaliste sportif :

– Norman Pitt sur Miss Ellie termine la compétition avec succès et un nombre impressionnant de points : 222,5! Terry Thomas sur Big Splash, qui nous vient d'Ocala en Floride, fait encore mieux avec un total de 225 points ! Et dans la carrière en ce moment, nous accueillons Brad Martin et sa merveilleuse jument pie noir, Petite Orchidée. Regardez-moi ce *sliding stop* pour clore le programme. Les juges ne sont pas prêts de l'oublier quand ils attribueront les notes…

– Oh, s'il te plaît, Brad, remporte le championnat ! susurrait Mélany depuis le canapé.

Brad termina sa reprise. Il fit un tour au trot pour

saluer les 50 000 spectateurs massés autour de cette immense carrière.

– Mesdames et messieurs, qui remportera donc les 100 000 dollars du premier prix ? Qui deviendra cette année le champion américain de *reining* ?

La voix du commentateur s'enflammait à mesure que les scores apparaissaient sur le panneau lumineux.

– Et, c'est un total de 224 points pour Brad Martin et Petite Orchidée !... Je n'arrive pas à le croire. Terry Thomas et Big Splash remportent le championnat pour la seconde fois consécutive ! Écoutez-moi cette ovation !

– Oh non... s'effondra Mélany.

– ... ils sont talonnés de près par Petite Orchidée, à la seconde place. Elle ne repartira donc pas bredouille, mais avec un prix de 30 000 dollars ! poursuivit l'homme de télé.

Mélany se releva d'un bond du canapé pour regarder Brad ôter son Stetson et tirer sa révérence à la foule. Petite Orchidée portait la tête haute car elle savait qu'elle avait donné le meilleur d'elle-même.

– Ouah ! 30 000 dollars ! Maman, Matt, on a remporté la deuxième place !

Brad put ainsi payer ses dettes et louer des installations qu'il avait déjà inspectées juste à la sortie de San Luis. Il habiterait quasiment la porte à côté, mais assez loin tout de même. Cela laissait assez d'espace entre eux pour que chacun puisse respirer, comme l'avait exprimé Lauren. Il était hors de question qu'elle fonce tête baissée dans une nouvelle relation. Pas en ce moment !

Mélany courut vers le Pré du Renard pour porter la bonne nouvelle à Lucky :

– Deuxième... tu te rends compte ?

Le palomino écouta en tendant les deux oreilles, puis encensa les paroles de sa propriétaire.

– En fait, Petite Orchidée a sorti ses hanches une seule fois sur un cercle, et ça lui a fait perdre un point. Faudra qu'on retravaille ça avec Brad. Et l'an prochain à Gladstone... qui c'est qui sera champion ?

Lucky souffla un grand coup par les naseaux. Il hennit doucement. Mélany lui flatta l'encolure avec une énergie pleine d'enthousiasme et partit à rire.

– Nous ! Tu as tout compris ! Brad gagnera assez d'argent pour s'acheter ses propres installations, Matt devra enfin admettre que c'est un bon parti pour maman. C'est ce que tu pensais aussi, n'est-ce pas Lucky ? Ah oui, Monsieur « le palomino malin », tu fais un sacré cheval de cirque, toi !

LE CAHIER ÉTHOLOGIQUE

L'éthologie est une science de l'observation.
Elle étudie le comportement et le mode de vie
des animaux dans leur milieu naturel.

Reflets dans une robe indienne : le Paint horse

Dans le roman, Petite Orchidée est une jument Paint, ce qui signifie “cheval peint” en anglais. Qu’elle soit une championne de *reining* n’a rien d’étonnant : avec le Quarter Horse et l’Appaloosa, le Paint est l’une des trois races américaines officielles en compétition western. Et bien qu’ils soient beaucoup moins nombreux, les Paints suscitent un tel engouement aux États-Unis que la race est passée au deuxième rang national en termes d’inscriptions annuelles au stud-book. Il est vrai que le Paint associe la puissance et le mental du Quarter à une robe magnifique… et unique à chaque cheval !

Ses origines

Comme tous les chevaux américains, le Paint descend des chevaux importés au Nouveau Monde, dès le XVIe siècle, par les Conquistadores espagnols. Un récit historique décrit précisément deux chevaux de robe pie parmi ceux qui voyagèrent avec l’explorateur Cortez, en 1519. Au début des années 1800, des milliers de chevaux évoluaient librement dans les grandes plaines de l’Ouest. Plusieurs tribus indiennes, comme les Comanches et les Sioux, marquèrent une préférence pour les chevaux à la robe colorée. En effet, pour les Indiens, le Paint avait des pouvoirs magiques qui protégeaient son cavalier durant les batailles !

Un « Quarter Horse pie »

En 1962, l’Association Américaine du Quarter Horse a décidé d’écarter de son stud-book les chevaux présentant trop de blanc. Résultat : tous ceux qu’on appelait jusque-là les « Quarter

Paint » sont devenus des hors-la-loi ! Le Paint horse est donc né de la création de l'Association Américaine du Paint Horse qui, en 1965, a « récupéré » tous les chevaux exclus du stud-book…

Si la somptueuse robe pie du Paint horse est le symbole de la race, elle n'est pas le seul critère : en effet, un Paint est bien plus qu'un simple "Quarter horse de couleur" ! Il doit répondre à toutes les exigences de la race, aussi bien en ce qui concerne le modèle – athlétique et musclé – que le mental – froid et équilibré. D'ailleurs, depuis le 1er janvier 2005, le règlement américain est très strict : pour être enregistré en tant que Paint horse, le cheval doit obligatoirement avoir l'un de ses deux parents inscrit au stud-book du Paint, et l'autre inscrit au stud-book du Paint, du Quarter horse ou du Pur-sang exclusivement !

Un athlète d'exception

Grâce à leur morphologie musclée et leur arrière-main puissante, les Paints arrivent au plus haut niveau en compétition western. Certains s'offrent même le luxe de damer le pion au Quarter horse, pourtant infiniment supérieur en nombre (quatre millions de Quarters, contre moins de sept cent mille Paints !) et réputé imbattable. Ainsi le champion Gunner continue de gagner les plus prestigieuses épreuves de *reining*, après avoir, en 2002 et pour la première fois dans l'histoire sportive, remporté le Championnat du monde devant les meilleurs Quarters horses de la planète !

Mais le Paint horse ne s'illustre pas seulement en selle western. À l'image du Quarter, il s'adapte à toute forme d'équitation et affiche très haut ses couleurs dans les disciplines dites "anglaises" : jumping, dressage, attelage… Sans oublier les courses de plat, un créneau très développé en Amérique du Nord : douze états organisent chaque année des courses de Paints, issus bien sûr d'une sélection plus axée sur le Pur-sang (le cheval le plus rapide du monde) que sur le quarter.

Une race, pas une couleur !

Les termes “Paint” et “Pinto” sont souvent confondus, alors qu’ils ont deux significations différentes : un “Pinto” est un cheval de robe pie, quelle que soit sa race. Alors qu’un “Paint” est obligatoirement inscrit au stud-book de l’American Paint Horse Association. En bref, le Paint correspond à une race, le Pinto à une couleur de robe ! Il existe d’ailleurs aux Etats-Unis, mais aussi en France, une association du cheval Pinto qui enregistre les chevaux sur le seul critère de la couleur.

À la limite, on peut dire que seul le Pinto est forcément un cheval de couleur. Car, pour corser le tout, le Paint peut ne pas être tacheté ! En effet, comme les Appaloosas, certains Paints présentent à la naissance une robe dite « solid » en anglais, c’est-à-dire unie ou quasiment sans taches. C’est une déception pour l’éleveur, mais le poulain n’est pas exclu du stud-book qui privilégie la notion de race à celle de robe. En revanche, si le poulain devient reproducteur, il devra impérativement être croisé avec un cheval coloré pour que son produit soit enregistré !

Des robes aux combinaisons infinies

Tous les éleveurs de Paint horses le disent : à chaque naissance d’un poulain, c’est la même magie, car il n’y a pas deux chevaux à la robe identique ! On trouve trois catégories principales de robe : tobiano, overo et tovero. De façon très schématique, on peut les résumer ainsi : dans le *tobiano* (37% des naissances), le blanc traverse le dos du cheval – comme si un pot de peinture blanche avait été versé sur le dos. Dans *l’overo* (24%), le blanc ne traverse pas le dos du cheval. Et dans le *tovero* (6%) , les attributs du *tobiano* et de *l’overo* se combinent. Sans oublier cette fameuse robe *solid*, sans taches, qui concerne tout de même 33 % des naissances !

Certains Paint horses peuvent avoir trois couleurs, et sont

communément appelés « pies tricolores ». Mais le terme est impropre car dans le stud-book, officiellement, la robe pie est toujours constituée de la couleur blanche associée à une « robe de base » (noir, bai, alezan…) pouvant se dégrader sur plusieurs tons – du bai au bai brun, de l'alezan à l'alezan brûlé, etc.

Et en France ?

Créée en 1992, l'Association Française du Paint Horse s'est battue pendant des années pour obtenir la reconnaissance officielle du Paint par les haras nationaux. C'est enfin chose faite, depuis le 3 janvier 2005 ! Après le Quarter et l'Appaloosa, le Paint est donc la troisième race américaine à bénéficier de cette reconnaissance qui est obligatoire pour participer aux compétitions de la Fédération française d'équitation. Ceci dit, la majorité des propriétaires d'un Paint pratiquent uniquement équitation de loisir, balade et randonnée. Le Paint est idéal pour ces disciplines, car il est à la fois très bien dans sa tête, vif et résistant ! Dans notre pays, on compte un peu plus de 1000 Paints - ce qui, en dehors de l'Amérique du Nord, place la France au deuxième rang derrière l'Allemagne en termes de chevaux enregistrés. Nul doute que cette progression devrait s'accentuer, tant ce cheval est aussi beau qu'attachant…

Le *reining*, la reine des épreuves western

Parmi les nombreuses disciplines de compétition western, qui portent toutes leur nom anglais d'origine (*western pleasure, cutting, trail riding...*) le *reining* est la plus prestigieuse et la plus populaire de toutes. Mais si la discipline est relativement récente (l'Association Nationale pour le Cheval de Reining est née en 1966), elle n'est en fait que l'illustration sportive d'un dressage vieux de deux siècles ! N'oublions pas que l'équitation western est une équitation de travail (voir plus bas), née au XIXe siècle avec la conquête de l'Ouest et l'épopée des pionniers. Dans les vastes étendues des ranchs, pour s'occuper de plusieurs milliers de têtes de bétail, les cow-boys n'avaient qu'un seul partenaire : le cheval... Il leur fallut donc apprendre à convoyer, surveiller et trier le bétail de manière rationnelle et rapide. Certains cow-boys se sont amusés à créer des petits concours "inter-ranchs" pour confronter leurs meilleurs chevaux. De là est né un dressage spécifique, propre à mettre en valeur les qualités de disponibilité, d'aisance et de maniabilité du cheval western. Par la suite, un circuit officiel de compétition a été mis en place aux Etats-Unis, tout d'abord, puis au niveau international.

Qu'est-ce que le *reining* ?

Le *reining* est une épreuve de dressage qui se déroule au galop, sur un parcours imposé appelé "pattern". Le cheval doit effectuer diverses figures imposées : changements de pied, cercles au galop, reculés droits et rapides, "huits de chiffre", "stops" (arrêts nets et francs), "roll-backs" (demi-tours sur les hanches)... Les figures les plus spectaculaires sont bien sûr les "sliding stops" (arrêts glissés) et les “spins” (pirouettes ultra-rapides sur l'arrière-main) que Mélany s'entraîne à effectuer avec Petite Orchidée dans le roman ! Dans la première figure, le cheval s'élance au triple galop et freine brusquement : c'est très impressionnant car ses antérieurs continuent de trotter tandis que ses postérieurs, littéralement figés sous son ventre, glissent en laissant deux traces qui doivent être parfaitement parallèles. Dans la seconde, le cheval pivote sur un seul postérieur à une telle vitesse que cela donne le tournis au spectateur... voire au cavalier si, comme Mélany, il est débutant en la matière !

Qu'est-ce qu'un bon cavalier de *reining* ?

Les juges notent la régularité, la finesse, l'attitude, la rapidité et l'autorité exercée pour les diverses manœuvres, qui doivent toujours être effectuées à vitesse contrôlée. En effet, selon le règlement officiel, le *reining* ne consiste pas seulement à guider son cheval, mais à contrôler chacun de ses mouvements. Cette description est restée inchangée depuis 1966 et reste le critère principal pour le jugement ! Du début à la fin de l'épreuve, le cavalier doit donc être parfaitement maître de sa monture. Il doit la guider fermement, et la contrôler avec peu ou aucune résistance apparente. En fait, le *reining* est une sorte de “vitrine” de la philosophie de l'équitation western : le cheval doit exécuter les demandes de l'homme, non par la soumission forte, mais par l'acceptation, en agissant de lui-même, sans soutien permanent. Le cavalier a seulement un rôle de surveillance constante, afin de perfectionner et de corriger les réponses de l'animal.

Qu'est-ce qu'un bon cheval de *reining* ?

Les juges notent l'équilibre, la souplesse, le calme, la précision, la vitesse, la disponibilité et le caractère volontaire du cheval. Autant de qualités que l'on retrouve bien sûr chez les races américaines – Quarter horse, Paint horse et Appaloosa - qui restent imbattables dans cette discipline ! Pour effectuer un parfait *sliding stop*, par exemple, il faut un cheval doté d'une arrière-main très puissante, caractéristique des chevaux américains. Ceci dit, d'autres races parviennent à un haut niveau en *reining*, comme le Pur-sang arabe qui est souple et maniable.

Comment se déroule l'épreuve ?

Les Américains ne plaisantent pas avec le règlement ! En ce qui concerne la présentation, le cavalier doit porter une tenue correcte avec chapeau western sans jugulaire, bottes western, chemise ou chemisier boutonné à manches longues baissées. Son cheval doit être en bonne condition, toiletté, le poil propre, la crinière et la queue bien nettes, les sabots parés et proprement ferrés.

En ce qui concerne le harnachement, l'utilisation d'une selle western et d'un tapis de selle est obligatoire (car il existe en équitation western des épreuves anglaises, appelées "English classes", qui s'effectuent en selle anglaise). Et comme dans toutes les épreuves western, en fin de parcours, le cavalier doit mettre pied à terre et ôter la bride de son cheval afin de la faire inspecter par le juge : si le mors est interdit par le règlement, ou en mauvais état pouvant blesser la bouche de l'animal, le candidat est éliminé !

À la découverte de l'équitation de travail

Voilà une forme d'équitation où le cheval est, plus que jamais, un partenaire pour son cavalier ! Mais qu'appelle-t-on exactement équitation de travail ? En fait, ce terme regroupe toute une palette de disciplines, issues chacune d'une culture équestre bien spécifique : monte western, monte camargue, doma vaquera espagnole… Il n'y a donc pas *une*, mais *des* équitations de travail, toutes basées à l'origine sur le travail du bétail.

Une équitation ancrée dans la tradition

L'équitation de travail est, avant tout, une équitation de tradition qui existe toujours dans certains pays (Argentine, Chili, Mongolie, Islande…). Elle correspond à un dressage particulier du cheval, destiné à faciliter le travail des gardiens de troupeaux qu'on appelle, selon les pays, des "cow-boys" (États-Unis), des "gardians" (France), des "vaqueros" (Espagne), des "campinos" (Portugal), des "butteri" (Italie)… Il existe d'ailleurs des championnats d'équitation de travail, où chaque équipe rivalise d'adresse pour perpétuer l'art équestre de ses ancêtres !

Voici les principales disciplines d'équitation de travail que l'on peut pratiquer en France :

• *L'équitation western* est directement issue du travail des cow-boys qui devaient passer de longues journées en selle… et qui continuent de le faire aujourd'hui, au "Ranch de la pleine lune" comme dans plusieurs états de l'Ouest américain ! Afin de mettre en valeur le dressage spécifique du cheval de ranch, des "épreuves de bétail" ont été instaurées en compétition : ainsi le *cutting*, où l'on juge l'aptitude du cheval au tri du bétail, est la plus spectaculaire. Dès que le veau est sorti du troupeau, le cheval doit agir sur ses seules initiatives pour l'empêcher d'y retourner. Le cavalier garde les mains sur le pommeau, et toute action sur le mors est pénalisée ! Le *team penning* consiste, pour une équipe de trois cavaliers, à séparer du troupeau et à mettre en enclos trois têtes de bétail de même numéro dans un temps de 90 secondes maximum. Dans le *cattle penning*, un seul cavalier doit mettre dans l'enclos une tête de bétail dans un temps de 60 secondes.

• *L'équitation camargue* est la seule équitation de travail française. Elle est pratiquée depuis des siècles au sud de notre pays, dans le delta du Rhône, par les éleveurs de taureaux sauvages. C'est une façon de monter plus libre, qui vise à donner un maximum d'autonomie au cheval. Spécifiquement adaptée aux besoins du gardian, elle s'inscrit néanmoins dans la tradition française avec les bases du dressage classique.

• *La doma vaquera* est une pratique équestre issue du travail des gardiens de troupeaux espagnols. Équitation exigeante et d'une grande élégance, elle constitue en Espagne une discipline sportive au même titre que le dressage ou l'obstacle.

Quels sont leurs points communs et leurs différences ?

Bien que chacune ait son identité propre, ces équitations de travail ont des similitudes : tenue des rênes à une seule main, selle creuse, étriers longs... et bien sûr dressage particulier du cheval. Tous les chevaux de travail requièrent calme, impulsion, rapidité et maniabilité. Autant de qualités difficiles à réunir en une seule monture ! Le bon cheval de travail a un mental froid, mais il est capable “d'exploser” à la moindre demande du cavalier pour effectuer des accélérations fulgurantes, des arrêts brusques ou des demi-tours instantanés. Plus que la race, c'est donc la morphologie qui compte : arrière-main puissante, souplesse, taille au garrot pas trop élevée...

Chaque discipline a néanmoins ses spécificités : au niveau du costume et du harnachement traditionnels, bien sûr, mais aussi au niveau des figures de dressage. Par exemple, en *doma vaquera*, l'arrêt glissé ne ressemble pas au “sliding stop” du *reining*, il est beaucoup plus net et le cheval ne doit pas trotter des antérieurs. La *doma vaquera* demande également plus de rassembler que l'équitation western, l'encolure du cheval étant portée haut, tandis que le cavalier de *reining* recherche une baisse de l'encolure !

Quels sont ses atouts ?

Pour le cavalier....

Nul doute que l'équitation de travail apporte au cavalier des sensations nouvelles, pour ne pas dire des sensations fortes ! Si tu es un peu “frustré” dans l'équitation classique, tu adoreras ces disciplines ludiques qui associent la rigueur du dressage et la fulgurance d'une équitation plus explosive, plus pétillante. Hors des circuits de compétition, c'est une équitation d'extérieur, loin de l'austérité des manèges, qui offre l'ivresse des grands espaces et une sensation de liberté...

Et puis c'est aussi l'incarnation d'un “rêve”, intimement lié à l'admiration pour une culture équestre. Tous les cavaliers de *doma vaquera* aiment l'Espagne et le flamenco, tout comme les cavaliers de monte western ou gardianne réalisent leur rêve d'enfant de “jouer au cow-boy” ou de revivre le mythe de Crin-Blanc !

... et pour le cheval !

Au niveau mental et émotionnel, les bienfaits de cette équitation sur le cheval sont évidents : investi d'une responsabilité, le cheval est plus motivé. Contrairement à ce qui se passe en équitation classique, il a une véritable mission à accomplir, un rôle important à jouer. Il n'a donc pas l'impression de "travailler", et il s'amuse énormément ! Comme les chiens de berger, les chevaux de race Quarter horse ou Camargue ont la passion du bétail et se prennent tout de suite au jeu. En équitation de travail, rien n'est laissé au hasard, chaque mouvement a une fonction bien précise : par exemple, le travail de cession à la jambe au pas est utilisé par le cavalier pour isoler un membre du troupeau ; la demi-pirouette au galop lui permet de se situer par rapport à la bête et d'anticiper ses mouvements, etc. C'est une équitation plus "lisible" pour le cheval, qui renforce la complicité avec son cavalier !

Es-tu fait pour la compétition ?

Dans *Petite Orchidée*, Brad est un champion de *reining*. Aujourd'hui, toutes les disciplines équestres peuvent être pratiquées en compétition : équitation western, saut d'obstacles, dressage... Mais ce n'est pas donné à tout le monde ! Certains cavaliers ne sont pas attirés par la compétition, d'autres aimeraient bien... mais n'ont pas les qualités nécessaires. Et toi, as-tu « l'esprit compet' » ? Pour le savoir, réponds aux questions de ce test en cochant une seule réponse à chaque fois. Tu trouveras les résultats à la fin du test !

1 - Que ce soit à l'école ou dans tes activités extra-scolaires, as-tu une bonne faculté de concentration ?

a) Oui, c'est ce qui explique tes bons résultats
b) Assez bonne, mais tu as tendance à perdre tes moyens s'il y a un gros enjeu au bout
c) Non, d'ailleurs on t'en fait souvent le reproche !

2 - Pour toi, l'équitation, c'est :

a) Une passion, mais si tu ne pouvais plus monter à cheval, tu n'en ferais pas une maladie
b) Un simple hobby, que tu aimes bien exercer au même titre que tes autres activités extra-scolaires (ciné, lecture, musique...)
c) Une raison de vivre, tout simplement. Quand tu ne montes pas à cheval, tu déprimes !

3 - D'une façon générale, lorsque tu as des soucis dans ta vie personnelle, tu les affrontes avec :

a) Beaucoup de courage et de persévérance. Tu n'es pas du genre à te laisser abattre, et tu prends le taureau par les cornes !
b) Résignation et fatalité, mais tu dois quand même faire de gros efforts pour surmonter cela tout seul
c) Très peu de courage. Dans ces moments-là, tu as tendance à tout laisser tomber, et à avoir grand besoin des autres...

4 - La discipline équestre qui te procure le plus de plaisir, c'est incontestablement :

a) Les pony-games entre copains et copines
b) La randonnée en pleine nature
c) Le CSO, le dressage ou le concours complet

5 - Quand ta famille ou tes amis parlent de toi, ils te décrivent comme :

a) Quelqu'un de très timide et réservé, qui manque de confiance en lui
b) Un vrai battant, avec une personnalité affirmée
c) Quelqu'un de sobre et discret, mais qui surprend par sa volonté et sa détermination

6 - Être un champion exige de gros sacrifices ! Accepterais-tu de ne pas rentrer chez toi tous les soirs, et d'être toujours aux quatre coins de la planète pour les besoins de la compétition ?

a) Non seulement tu accepterais, mais tu adorerais cela. Rien ne vaut une vie mouvementée pour mettre du piment dans le quotidien !
b) Cela ne te gênerait pas spécialement, mais ce n'est pas un mode de vie que tu recherches à tout prix
c) Pas question ! Tu aimes bien ton petit "train-train", tes soirées tranquilles à la maison, une vie bien réglée...

7 - La race de chevaux que tu préfères, c'est :

a) Arabe ou barbe-arabe, camargue, quarter horse... Les meilleurs chevaux d'extérieur et de loisir !
b) Selle français, anglo-arabe, trakehner, hanovrien... Bref, les chevaux des champions !
c) Peu importe la race, du moment que le cheval est gentil et agréable à monter

8 - En toute franchise, lorsque tu fais un concours hippique, c'est pour :

a) Gagner ! Tu aimes te lancer des défis, et te prouver à toi-même (plus encore qu'aux autres) que tu peux être le meilleur
b) Le plaisir de participer. Bien sûr, gagner c'est encore mieux, mais tu ne vas pas faire la tête toute la soirée si tu n'es pas en haut du podium
c) Faire plaisir à ton moniteur ! Trêve de plaisanterie, les concours, ce n'est pas ta tasse de thé... Tu préfères une belle balade en forêt !

9 - Et si tu perds, quelle est ta réaction ?

a) La colère. Tu en veux à tout le monde, mais tu ne te remets pas beaucoup en question...
b) La déception, bien sûr, mais tu te reprends vite et surtout tu essaies de comprendre pourquoi, afin de tirer les leçons de ton échec
c) L'indifférence. Tu ne cherchais pas spécialement à gagner, de toute façon !

10 - On ne devient pas champion d'équitation par hasard ! S'entraîner des heures par jour à monter à cheval, faire de la gym

pour être en bonne condition physique, suivre un régime alimentaire sain et équilibré... Tout cela te fait :

a) À la fois envie et un peu peur, car tu doutes de ta capacité à assumer de telles responsabilités quotidiennes
b) Froid dans le dos ! C'est un mode de vie beaucoup trop austère pour toi. Tu aimes trop t'amuser !
c) Très envie. Tu te connais mieux que personne, et tu te sens capable de consacrer toute ton énergie physique et mentale à un entraînement quotidien

RÉSULTATS

Dans le tableau suivant, entoure à chaque question le sigle qui correspond à ta réponse, puis compte le nombre total de chaque signe obtenu. Celui qui revient le plus souvent t'indiquera si tu es fait pour la compétition !

	a	b	c
1	☼	☆	☺
2	☆	☺	☼
3	☼	☆	☺
4	☆	☺	☼
5	☺	☼	☆
6	☼	☆	☺
7	☺	☼	☆
8	☼	☆	☺
9	☆	☼	☺
10	☆	☺	☼

Tu as obtenu un maximum de soleils

Tu es fait pour la compétition

Qui sait, peut-être es-tu la future Alexandra Ledermann ou le futur Nicolas Touzaint ! Tu as vraiment toutes les dispositions pour arriver au plus haut niveau en compétition. D'abord en raison de ton tempérament : tu as une volonté de fer et une véritable “rage de vaincre”… Capable d’une grande concentration, tu sais aussi assumer tes erreurs ou tes faiblesses, et te remettre en question - qualité indispensable aux vrais sportifs. Alors continue dans cette voie, mais n’oublie pas pour autant tes études : les grands champions d’équitation ont aussi quelque chose dans la tête, et pas seulement dans les jambes !

Tu as obtenu un maximum d’étoiles

Tu n’es pas encore prêt pour la compétition

Bien sûr, l’univers de la compétition t’attire : tu t’imagines sous les feux de la rampe avec ta monture préférée, applaudi par le public, les caméras braquées sur toi… Tu es quelqu’un de tenace et courageux, et le travail ne te fait pas peur. Pourtant, à travers tes réponses, on sent qu’il te manque encore cette rage de vaincre et ce mental d’acier propres aux grands champions. Et même si tu adores l’équitation, tu aurais du mal à faire certains sacrifices dans ta vie privée. Un concours hippique de temps à autre, d’accord, mais pas tous les week-ends !

Tu as obtenu un maximum de lunes

Tu n’es absolument pas fait pour la compétition

Et il n’y a aucune honte à ça ! L’univers de la compétition équestre ne correspond ni à tes goûts, ni à ta personnalité. D’ailleurs, tu n’as pas les qualités nécessaires à cette discipline, tu manques de concentration et d’acharnement. Ce que tu aimes dans l’équitation, c’est avant tout le contact avec le cheval et avec la nature, et la satisfaction personnelle que t’apportent tes progrès… Mais gagner, tu t’en moques éperdument et tu n’as rien à prouver à personne ! En bref, tu n’as tout simplement pas « l’esprit compet’ » !

CET OUVRAGE
A ÉTÉ ACHEVÉ D'IMPRIMER
PAR L'IMPRIMERIE GRAFO À BASAURI
LE 3 FÉVRIER 2007
POUR LE COMPTE DES ÉDITIONS ZULMA

*

IMPRIMÉ EN ESPAGNE